LES MILLE

ET UN

GUIGNONS.

DE L'IMPRIMERIE DE HOCQUET ET COMP^e.,
RUE DU FAUBOURG MONTMARTRE, N°. 4.

LES MILLE

ET UN

GUIGNONS,

OU

L'HOMME QUI A RENONCÉ A TOUT ;

ROMAN PHILOSOPHI-TRAGI-COMIQUE.

.... *Quis, talia fando,*
Temperet a lacrimis ?

TOME QUATRIEME.

PARIS,

ARBA, Libraire, Palais-Royal, derrière
le Théâtre Français, N°. 51.

1807.

LES MILLE

ET · UN

GUIGNONS.

CHAPITRE PREMIER.

Suite de cet événement. Nouvelles
disgrâces.

QUOIQUE j'eusse des sujets bien légitimes de me plaindre de mon épouse,
je fus sensiblement affecté de l'avoir
vu puniè si cruellement, et sur-tout
au moment où, par la faiblesse ou la
douceur de mon caractère, je lui aurais encore pardonné toutes ses fautes,

en reconnaissance des bontés que son père avait eues pour moi, si elle m'eut seulement promis de s'en repentir et de s'en corriger; mais il n'était plus tems.

Quoiqu'innocent moi - même, je partageais aussi son châtiment; car outre le chagrin véritable que je ressentis de la fin tragique d'une épouse que j'avais aimée tendrement et que j'avais cru pouvoir ramener à la raison, j'éprouvais, par ce fâcheux événement, une très-grande diminution dans ma fortune. Ma plus conséquente habitation était entièrement détruite, partie de mes esclaves avait été la proie des flammes; l'autre, composée de ceux qui s'étaient échappés, avait gagné les rochers éloignés. Peu disposés à venir reprendre le joug de l'esclavage, ils s'étaient retirés dans les bois, où ils erraient en liberté, sans envie de retourner sous les lois d'un maître.

Cette perte, quoique considérable, ne fut pas le seul et le plus grand de mes malheurs. Mes richesses avaient excité la cupidité, et les charmes de ma femme, qui lui avaient procuré tant d'adorateurs, m'avaient fait autant d'ennemis qu'elle avait eu d'amans favorisés.

Ils se réunirent tous contre moi; et la jalousie, la malignité s'animant à l'envi, on en vint au point de me faire intenter un procès criminel, et de diriger contre moi l'odieuse accusation d'avoir moi-même incendié mon habitation pour faire périr mon épouse. En conséquence, au moment où je regrettais cette femme criminelle et la perte d'une grande partie de mes biens, je me vis arrêter et conduire dans les prisons , comme incendiaire et assassin.

C'était bien de quoi me faire perdre le peu de raison qui me restait. Cependant je ramassai toutes mes preuves des sottises que cette mauvaise femme m'avait faites ; mais cela tournait justement contre moi, et plus je parvenais à prouver qu'elle avait été coupable, plus je donnais à croire que j'avais cherché à m'en venger, et que, d'après cette disposition de mon esprit, je devais être réellement l'auteur du malheureux évènement qui l'avait punie.... ainsi loin de m'excuser par toutes les preuves que je fournissais de ses torts envers moi, plus j'aggravais les soupçons de la vengeance que j'avais voulu en tirer.

Toutes les opinions des juges se réunissant donc contre moi, et de plus ma fortune considérable excitant la convoitise de beaucoup de ces messieurs, que l'on ne persuade pas si on ne les achète, je risquais beaucoup d'être condamné au dernier supplice. On m'en fit même donner un pressentiment par mon geolier, qui me fit un jour une ouverture assez extraordinaire, mais sous le sceau du secret... qu'il n'avait, hélas ! que trop de moyens de me faire garder.

Un matin, en m'apportant mon pain noir et ma cruche d'eau, seules provisions dont on substentait mesquinement mon chétif individu qui déclinait sensiblement, il me dit :

« Vous êtes atteint et convaincu
» du double crime d'incendie et d'as-
» sassinat, pour avoir voulu vous ap-
» proprier le bien de votre épouse et
» l'héritage de son père. Vous ne pou-

» vez pas manquer d'être condamné
» à mort... ce qui est bien le moins...»

« Eh mais mon dieu ! » lui dis-je,
« que pourrait donc être le plus ? »

« Laissez-moi finir », ajouta-t-il.
« Je viens à bonne intention. Il y a
» parmi les juges des personnages
» plus sensibles, plus indulgens que
» les autres, et qui sachant apprécier
» les circonstances où un homme se
» trouve entraîné, se sentent disposés
» à atténuer une faute involontaire
» ou forcée, et à l'excuser en partie...
» mais comme dans ces cas, malgré
» leur bonne volonté, ils ne peuvent
» prononcer d'eux - mêmes sans des
» témoignages secondaires, qui infir-
» ment les premiers rendus à votre
» charge, ils sont obligés de se servir
» de subalternes qu'ils disposent à
» vous défendre par d'autres rapports

» plus favorables, et cela coûte, cher
» même... mais la vie et l'honneur sont
» encore bien plus chers.

» Si donc vous voulez souscrire
» pour une somme de cinquante mille
» écus qui, au bout de tout, n'est
» rien en comparaison de votre for-
» tune entière, de votre vie et de vo-
» tre honneur que vous perdriez in-
» failliblement, vous pouvez être as-
» suré de sortir d'ici, dans trois ou
» quatre jours, blanc comme neige.
» Mais il faut en outre me donner
» votre parole de ne pas dire un mot
» de cette condition favorable qu'on
» vous propose, sans quoi, vous pé-
» ririez sans ressource. Réfléchissez,
» décidez, la nuit porte conseil ; de-
» main je viendrai chercher votre ré-
» ponse et votre signature, ou vous
» conduire au tribunal qui s'assemble

» à midi, pour vous condamner en
» dernier ressort et sans appel : et il
» referma sur moi ses triples verroux.»

CHAPITRE II.

Je sors de prison.

Il n'y avait pas à balancer ; quoiqu'il me parût bien dur, étant si certain de mon innocence que je l'étais, de donner cinquante mille écus pour la faire attester par des fripons qui n'en doutaient déjà pas plus que moi, mais qui profitaient de cette occasion pour me mettre à contribution, en suivant cette maxime si bien observée par eux, que la justice est une si belle chose qu'on ne saurait trop la payer, je trouvai encore que c'était un bon marché pour moi de sauver, à ce prix là, le reste de ma fortune, et par-dessus tout, ma personne, sans laquelle

tous les revenus de la colonie m'auraient été bien inutiles.

Sitôt que le jour qui s'introduisait
à peine dans ma prison par un faible
soupirail , m'eut annoncé le lendemain...car il y a dans ces maisons des
calculs de politique et de finesse ,
comme par-tout ailleurs, pour influen-
cer les esprits des prisonniers .... on
resserre, on séquestre, on cherche à
effrayer, par le désagrément du local,
le prévenu quelconque qui se trouve
sous la main de la loi , lorsqu'on le
connaît en état de payer cher le moindre adoucissement qu'on suppose qu'il
désirera bientôt. Les geoliers très-ex-
perts dans la supputation de cette
partie de leurs revenants-bon , com-
mencent par faire rester une nuit au
cachot , l'innocent cru coupable qu'on
leur amène, pour l'engager à payer
le lendemain , au poids de l'or , deux

ou trois pieds d'aisance de plus dans une cage un peu moins incommode.

Le mien n'avait donc pas manqué à cette prudente précaution, et m'avait confiné dans le plus sombre, le plus humide et le plus mal sain des cloaques de ce repaire du crime, où l'innocence est si souvent forcée de gémir....

Pour en revenir au point du jour dont j'ai parlé, qui l'avait éveillé lui, long-tems avant que j'eusse eu la possibilité d'en entrevoir la bienfaisante clarté, M. Cerbère, c'était le nom du doucereux portier de l'enfer que j'habitais, vint dévérouiller à grand bruit la porte du tartare où le froid, la faim, le désespoir et les angoisses de tout genre, faisaient auprès de moi l'office de furies pour me tourmenter,

Sa première phrase, pour recom-
mencer la conversation, fut la dernière par laquelle il l'avait finie la
veille. « Voulez - vous donner cin-
» quante mille écus pour être inno-
» cent, coupable ou non, ou marcher
» à l'échafaud, innocent ou non? par-
» ce que toutes les présomptions sont
» contre vous. A moins d'un miracle
» vous ne pourriez pas vous sauver ;
» et depuis long-tems le peu de mi-
» racles que l'on voit encore arriver,
» ne s'opèrent qu'à force d'argent.
» Vous en avez, ainsi, décidez si vous
» voulez en faire un.

» Suivant votre réponse définitive,
» je vais vous conduire dans une
» chambre un peu plus agréable, où
» vous attendrez un plus amplement
» informé qui, sous peu de jours,
» moyennant les précautions qui se-

» ront prises en votre faveur, vous
» procurera la décharge du crime
» qu'on vous impute; ou je suis chargé
» de vous traduire dans une heure
» devant les juges qui, d'après l'état
» de l'instruction de votre affaire,
» doivent prononcer votre sentence.
» Voilà papier, plume et encre pour
» signer votre mise en liberté, pour
» le modique prix de cinquante mille
» écus qui vous en feront conserver
» trois ou quatre fois autant, que,
» soit dit entre nous, on sait que vous
» avez gagné bien aisément... ou voilà
» des fers avec lesquels je dois m'as-
» surer de vous pour vous présenter
» en état décent devant le ministre
» définitif, chargé par la justice de
» l'opération qui termine tous les pro-
» cès criminels. »

Une éloquence aussi pressante m'eut

bientôt déterminé. Je signai la promesse de payer cinquante mille écus;
et de plus, le geolier n'oubliant pas
de me faire payer ses droits de cour-
tier dans cette affaire, qu'il disait très-
délicate et dangereuse pour lui, me
fit encore lui signer à part un bon de
cent louis pour, disait-il, des épingles
à sa femme....

« Eh morbleu ! mon cher, répon-
» dis-je, ces épingles-là me coûtent
» plus cher que les cloux qui ont
» servi à crucifier notre seigneur Jé-
» sus-Christ. — Eh mais, me dit-il,
avec un beau sang froid, « pensez
» donc que c'est pour vous empêcher
» d'être brûlé vif, qui est le supplice
» du crime dont on vous accuse, et
» c'est bien plus douloureux que d'ê-
» tre crucifié.... ainsi, ne dites rien,
» et convenez-en vous - même qu'on
» vous fait encore bon marché. »

J'en passai donc par tout ce que l'on voulut, me trouvant même bien heureux, par la peur affreuse que cet homme m'avait faite, de pouvoir conserver ma peau, et l'espérance d'avoir encore de quoi la recouvrir.

Je croyais bien qu'après un pareil sacrifice de ma part, il allait m'ouvrir la porte à l'instant; mais il me dit que ce n'était pas encore terminé tout-à-fait, qu'il y avait des précautions à prendre, des formalités à remplir; qu'enfin il était nécessaire que ceux qui me favorisaient, eussent le tems de persuader les autres de mon innocence, pour que je ne craignisse pas d'être recherché de nouveau.

D'après toutes ces raisons qui ne me rassuraient pas, il referma sa porte de fer, en emportant toujours, à bon compte, les billets qu'il m'avait fait signer. Plusieurs jours se passèrent encore sans que j'entendisse l'annonce de ma liberté, et je me désespérais d'avoir inutilement payé une si forte somme; car malgré la promesse du geolier, il ne m'avait même pas changé de cachot, et ma santé déclinant sensiblement, je me trouvai au bout d'un mois de souffrance et de douleurs, au point de croire que la mort seule allait me faire sortir de cet affreux séjour.

Un matin, le geolier m'apportant, comme à l'ordinaire, le pain noir et la cruche d'eau qu'on me laissait pour quatre jours, je lui fis des reproches de l'indigne surprise qu'il m'avait faite et de la cruauté avec laquelle il m'avait laissé dans ce lieu infect, malgré sa promesse de me loger et de me nourrir mieux.

« Cela ne se pouvait pas, me dit-il.
» Vous autres prisonniers, vous êtes
» toujours pressés de sortir, ou d'avoir
» toutes vos aises; mais il nous faut
» des motifs pour changer le régime
» de nos maisons. Il me fallait bien
» un prétexte pour vous pouvoir ti-
» rer d'ici sans m'exposer. — Oh bien,
» vous m'en tirerez avant peu mal-
» gré vous, car je suis si malade,
» que je ne passerai peut-être pas la
» journée.. »

« Ah! reprit-il, voilà justement ce
» que j'attendais. En voilà un prétexte
» très-raisonnable; et à présent je
» peux, sans me compromettre, vous
» tenir ma parole. C'est votre faute
» d'avoir attendu si long-tems pour
» vous plaindre. Je m'en vais faire
» venir un chirurgien qui attestera
» votre état, et j'aurai la permission

» de vous transférer à l'infirmerie....

» Mais prenez garde à ne pas nous

» tromper, car ça tournerait mal pour

» nous si j'allais faire une fausse dé-

» claration. Avez-vous au moins une

» bonne fièvre?—Hélas oui, et même

» si forte, que je crois bien n'avoir

» plus besoin de votre chirurgien.

» Vous pouvez aussi remporter vos

» délicates provisions pour d'autres,

» je ne me sens plus en état d'en faire

» usage. »

« A merveille, ajouta-t-il, tran-

» quillisez-vous; je vais arranger votre

» affaire.... » : et il me laissa si faible,

que je n'avais plus d'espoir ni de gué-

rison, ni de liberté. Cependant il re-

vint avec un chirurgien qui attesta

que j'étais véritablement fort mal; et

d'après son rapport, je fus conduit à

l'infirmerie, où je passai encore quinze

jours entre la vie et la mort.

Je commençais à donner quelqu'apparence de mieux lorsque je vis venir
à moi le geolier, qui me dit d'un air
de jubilation : « Bonne nouvelle, mon
» cher monsieur ! votre affaire tourne
» à merveille, et vous voyez bien
» qu'avec du tems et de la patience
» on vient à bout de tout. Vous allez
» être guéri et mis en liberté. Ainsi,
» je crois que vous ne devez pas re-
» gretter le petit sacrifice que vous
» avez fait. Les personnes qui s'inté-
» ressaient à vous ont tant fait de dé-
» marches, qu'on est parvenu à dé-
» couvrir un de vos esclaves qui a
» mis le feu à votre habitation. Il
» l'a avoué lui-même, et vous allez
» être déchargé de toute accusa-
» tion. »

« Mais, en ce cas, lui dis-je, puis-
» qu'il est prouvé que je ne suis pas

» coupable, c'est bien assez de ce que
» j'ai souffert injustement ici pendant
» deux mois, sans qu'il m'en coûte
» encore les cinquante mille écus qui
» ne m'ont avancé à rien.—Com-
» ment à rien!... Eh croyez-vous donc
» que sans eux on aurait pu décou-
» vrir le véritable coupable? On voit
» bien que vous n'êtes guères au fait
» des embarras, des difficultés et des
» dépenses des procédures crimi-
» nelles. — Eh morbleu! repris-je,
» vous m'en donnez là une fière leçon,
» sans compter celles que j'avais déjà
» reçues tout aussi mal à propos!......
» Mais enfin puisqu'il n'y a plus à ce
» que je vois de composition à faire
» avec vous, gardez donc tout ce
» que j'ai donné, je l'abandonne à
» condition du moins que je sorte
» d'ici bien vîte. »

Le brave geolier, en me remettant un mémoire de la part du chirurgien, composé aussi, comme on peut le penser, suivant le régime des prisons, m'engagea à le payer sans marchander, ce que je fis pour être plutôt délivré. Ayant encore reçu de moi cet argent, il me dit d'un air affectueux qu'on était à expédier l'ordre de ma sortie ; et tout en me faisant compliment sur l'heureuse issue d'une affaire qui avait tant de danger pour moi, il m'ajouta pour dernier avis, que je me gardasse bien de laisser soupçonner à qui que ce fût, à quel prix on avait bien voulu travailler à m'en tirer, et sur-tout que je ne manquasse pas à acquitter mes billets sitôt qu'ils me seraient présentés. Je promis tout ; et ce geolier qui avait déjà l'ordre de ma liberté, me conduisit fort civilement à la dernière porte, qu'il m'ouvrit, et que j'enfilai au plus vîte, sans regar-der derrière moi.

———◦※◦———

CHAPITRE III.

Je m'embarque pour retourner en Europe.

———

Toutes ces cruelles épreuves m'avaient vieilli de dix ans, et je peux dater de là le commencement de ma vieillesse prématurée. Déjà dégoûté de tant de choses, les désagréables succès de mes amours, et sur-tout les chagrins que m'avait causés mon épouse, me firent encore renoncer au mariage et aux femmes en général. Je me dépêchai de vendre tout ce que je possédais dans l'île, étant bien décidé à ne pas rester plus long-tems dans un pays où j'avais couru de si grand ris-

ques; et après avoir liquidé toutes mes
affaires et perdu près de moitié sur la
valeur de mes biens, je m'embarquai
pour retourner en Europe, étant encore assez riche pour m'y procurer
une existence fortunée.

Dès que je fus dans le vaisseau, je
recommençai à éprouver de nouvelles
adversités. Mon premier déplaisir fut
de trouver au nombre des passagers
des gens qui m'avaient connu à Saint-
Domingue, et qui, sachant tous les
tours que ma femme m'avait joués,
les racontèrent à tout le monde, de
sorte que je fus bientôt l'objet des
plaisanteries générales.

Fort mécontent de voir que chacun s'égayait à mes dépens, la société
me devint odieuse; je pris le parti de
me tenir toujours seul renfermé dans
ma cabane, et je ne me laissais voir

qu'aux momens des repas où j'étais
bien obligé d'essuyer encore à toutes
occasions des railleries que je n'avais
pas toujours la patience d'écouter de
sang-froid. Je quittais la table avec
humeur, et l'on riait de me voir laisser mon dîner ou mon souper, sans
avoir satisfait la moitié de mon appétit.

Ennuyé d'être toujours renfermé
dans une petite chambre étroite où je
n'avais presque pas d'air, et où ma
seule position était de rester couché
sur mon cadre, j'allai me promener
sur le gaillard d'avant, qui n'est fré-
quenté que par les matelots dont je ne
croyais pas avoir à craindre les sar-
casmes. Le tems était assez calme et
le soleil très-ardent. L'idée me vint
de monter sur le mât de beau-pré, où
je m'établis dans une espèce de filet

qui sert à reployer des voiles, et je me livrai à mes réflexions sur le passé et sur l'avenir.

Pendant que je rêvais ainsi, le vent vint à fraîchir un peu. L'officier qui commandait le quart, jugeant alors qu'il était à-propos de mettre des voiles de plus, donna l'ordre de hisser celle sur laquelle je me reposais en ce moment. Absorbé dans mes idées, je n'entendis pas ce commandement, et aussitôt les matelots y obéissant, saisirent de dessus le pont le cordage qui servait à la tendre; et la tirant avec force et promptitude, ils déployèrent cette voile qui m'enleva par dessus le mât, d'où je retombai dans la mer, à quelque distance en avant du vaisseau.

Comme il n'allait pas encore vîte, en dérivant le long du bord, je me trouvai accroché dans un paquet de hardes que les matelots, qui n'ont pas de blanchisseuses pour leur faire la lessive, ont l'habitude de suspendre le soir le long du navire, parce qu'en traînant dans l'eau pendant qu'il marche, la rapidité de la course emporte au moins la crasse dont leurs vêtemens sont imprégnés.

Je profitai de cette assistance inopinée; et me cramponant après plusieurs de ces cordes trop faibles pour pouvoir me soutenir long-tems, je poussai des cris pour demander du secours. Dans la confusion et le bruit qu'occasionnait la manœuvre, on ne m'entendit pas d'abord, et je sentais que j'allais couler à fond, lorsqu'enfin un matelot qui passait sur le tillac, à l'endroit où je me retenais encore un peu, fut frappé de ma voix, et m'apperçut. Il me jetta aussitôt le bout d'un cordage plus fort, qu'il me dit de saisir, et ayant appelé d'autres de ses camarades, ils commencèrent à m'enlever.

Mais je ne devais pas en être quitte pour la peur, et mon danger devint bien plus terrible. Deux énormes requins, monstres marins qui suivent les vaisseaux pour dévorer tout ce qui en tombe, soit les animaux morts, soit les personnes qu'on y jette après leur décès, soit celles vivantes qui y tombent par accident, deux de ces dangereux poissons m'avaient senti; et à l'instant où à l'aide du cordage que j'avais empoigné et passé autour de moi, on commençait à me relever, l'un me happa par une jambe, l'autre par l'autre, et tirant ainsi chacun de son côté sur mon pantalon, qui heu-

reusement était fort large, mais pas
assez pour garantir tout-à-fait mes
chairs, où leurs dents firent de pro-
fondes incisions, ils me disputèrent
long-tems aux matelots qui, me tirant
d'en haut, ne vinrent à bout de m'a-
voir qu'après que mon pantalon, entièrement déchiré, fut resté dans la
gueule des monstres qui, grace à
Saint-Guignolet, n'eurent que cela
de ma personne.

Mais le diable n'avait pas entièrement perdu le fruit de sa méchanceté
envers moi, car j'étais cruellement
blessé aux jambes et aux cuisses, et
j'en ressentis de bien vives et longues
douleurs. Cet évènement, qui me fit
plaindre de tout l'équipage, arrêta les
mauvaises plaisanteries qu'on avait
pris l'habitude de me faire, et l'on
convint unanimement que j'avais vé-

ritablement une étoile de *guignon*
bien décidée.

Après cela, nous eûmes des mauvais tems qui nous écartèrent de notre
route, des calmes qui nous empê-
chèrent d'avancer. des maladies qui
affaiblirent notre équipage. De plus,
on commençait à manquer de vivres
et d'eau; de sorte que par toutes ces
considérations et pour réparer des ava-
ries que notre navire avait reçues dans
une tempête, on se décida à relâcher
et on fit route sur une île espagnole
qui se trouvait dans notre direction.
Nous y arrivâmes heureusement.......
(Notez, lecteur, que quand je me
sers de ce mot *heureusement*, c'est
toujours pour les autres que je l'em-
ploie; car pour moi, jamais l'apparence d'un bonheur ne m'a apporté
qu'un malheur plus grand. Vous en

aurez encore bientôt une nouvelle preuve à joindre à tant d'autres que je vous ai déjà fournies.

CHAPITRE IV.

Nouvelle Histoire avec un Singe.

COMME je n'étais pas encore guéri de mes morsures de requins, et que nous devions rester assez long-tems à cette relâche, je me fis descendre à terre pour y être mieux soigné et y jouir d'un air plus favorable et de plus de commodités.

Je trouvai, en débarquant dans cette île, un très-brave négociant qui avait été long-tems un des correspon- de mon père, et ensuite le mien depuis que j'étais venu moi-même à la tête de son commerce, et qui méritait toute mon estime comme j'avais la

sienne. Sa rencontre me fit d'autant
plus de plaisir, que je m'attendais à
être absolument inconnu dans ce pays,
et par conséquent privé de bien des
agrémens et des douceurs que la société d'un homme que l'on peut regarder comme un véritable ami, est
dans le cas de procurer à un étranger
malade.

Il voulut que je prisse un logement
chez lui, et je l'acceptai d'autant plus
volontiers, que j'avais l'intention de
faire quelques affaires dans lesquelles
il pouvait beaucoup m'aider, ou les
traiter lui-même avec moi ; je m'établis donc dans sa maison où j'eus tout
lieu d'être satisfait de ses soins et de
ses prévenances obligeantes en tous
genres. Il me procura les meilleurs
médecins et chirurgiens, et le bon air
du pays, joint aux remèdes bien ad-

ministrés, me rétablirent parfaitement au bout de quelque tems.

Un matin d'un beau jour, lorsque notre navire fut en état de se remettre en mer, les officiers de notre équipage, qui venaient aussi de tems en tems me visiter, vinrent me chercher et m'engager à faire avec eux une jolie partie qu'ils avaient préméditée, de chasse et de pêche, avant de quitter cette île charmante.

Quoique j'eusse bien décidément renoncé à tous les plaisirs de ce genre, depuis les malencontres qu'ils m'avaient valus, il y avait si long-tems que retenu par ma maladie, je gardais la chambre, que je pensai qu'une promenade en plein air me ferait du bien. Je consentis donc à les accompagner, à condition que je ne toucherais, ni fusil, ni ligne, ni filet.... D'accord sur ces points, nous partîmes dans le canot qui nous mena sur les bords d'un bois, où les uns pouvaient s'enfoncer pour chercher du gibier, tandis que les autres plus curieux d'attraper du poisson, tendraient leurs lignes le long des rochers dont la côte était parsemée.

Je m'amusai un instant à regarder pêcher ces derniers. Puis je m'avançai dans le bois, avec l'intention de m'amuser à la lecture d'un livre que j'avais apporté avec moi. Après quelques momens de marche, me sentant fatigué, car je n'étais pas encore bien fort sur mes jambes, et le peu d'exercice que j'avais fait depuis mon accident, m'avait singulièrement affaibli, je m'arrêtai pour me reposer à l'ombre au pied d'un arbre.

Le sommeil s'empara bientôt de mes

sens et je m'assoupis sur l'herbe molle,
qui me servait de siége ou de lit. Je
ne sais combien dura ce sommeil im-
promptu ; mais je me sentis réveillé
par des mouvemens extraordinaires
et violens. Un gros singe se promenait
sur mon corps et faisait l'inventaire
de mes poches ; il avait tiré de l'une
un porte-feuille de maroquin rouge
qui avait plus fixé son attention que
le reste, et me voyant remuer, il se
sauva avec sans le lâcher.

Comme ce porte-feuille contenait
une somme de cinquante mille francs
en effets de traite, tirés sur les meilleurs banquiers de Cadix, je n'eus rien
de plus pressé que de courir après lui,
en cherchant à l'effrayer par mes cris ;
mais le maudit animal bien plus alerte
que moi, décampait toujours sans que
je pusse l'atteindre, et sans se dessaisir
de sa proie....

Désolé d'une telle aventure, et ne pouvant me résoudre à perdre ainsi une si grosse somme, je le poursuivais toujours en m'enfonçant de plus en plus dans la forêt ; mais enfin je le perdis de vue, et ne sus plus de quel côté aller pour le rejoindre. Cependant je marchais toujours au hasard, vomissant des imprécations contre les singes, les bois, les diables et mon existence même qui me paraissait si condamnée.

Pendant mon désespoir et ma course inutile, la nuit était venue et les officiers ne m'ayant plus revu, étaient repartis avec le canot pour retourner à bord du navire, d'après le signal des coups de canon qui les avaient rappelés.

Ne pouvant plus retrouver ma route, égaré comme je l'étais, et dans

l'obscurité qui m'empêchait déjà de
pouvoir rien distinguer ; effrayé de
plus par les hurlemens des bêtes sauvages qui commençaient à sortir de
leurs tannières, je ne me vis d'autre
ressource que de grimper sur un arbre
et de m'y affourcher de mon mieux
pour y passer la nuit, et me remettre
le lendemain à la recherche du singe
diabolique et des cinquante mille
francs qu'il m'emportait, mais il devait encore m'en coûter davantage ;
étourdi par le trouble de mon esprit
et le chagrin d'une perte aussi considérable et essuyée aussi extraordinairement, puisque le sort conjuré
contre moi, réunissait les hommes et
les animaux pour me dépouiller, je
chancelai sur mon arbre, je tombai
du haut en bas où je restai étendu
avec un bras cassé et n'ayant plus

d'autre perspective que celle d'y mourir de douleur, de faim et de désespoir.

CHAPITRE V.

Je sors de l'île, et je me rem-
barque pour la France.

L'honnête négociant chez qui je
demeurais, averti par les officiers avec
qui j'avais été, qu'ils ne m'avaient
plus trouvé pour me ramener, et qu'ils
ne concevaient pas ce que je pouvais
être devenu, fut très-inquiet sur mon
compte, sur-tout après m'avoir vainement attendu toute la nuit.

Comme il était prévenu aussi, que
mon vaisseau devait remettre à la voile
cette même matinée, il supposa que
je pouvais m'être rendu à bord, mais
trouvant bien extraordinare que je
l'eusse quitté sans prendre congé de
lui et lui ayant même encore laissé des

effets précieux , il se fit conduire en
hâte au navire qui n'attendait plus que
le vent pour partir. On lui dit qu'on
n'avait pas entendu parler de moi, et
que si je ne reparaissais pas incessa-
ment j'arriverais trop tard ; les ancres
étant déjà relevées, et les voiles dé-
ployées.

Ce brave homme tout-à-fait allarmé,
se doutant qu'il m'était arrivé quelqu'accident funeste dans l'île où j'avais
accompagné les officiers, revint aussitôt à terre ; fit armer une chaloupe et
partit de suite avec plusieurs de ses
esclaves pour aller m'y chercher. Ses
nègres , qui connaissaient tous les
endroits du bois , s'étant dispersés ,
m'eurent bientôt trouvé, mais dans un
état déplorable; le bras cassé, souffrant
des douleurs inexprimables, et ayant
passé toute la nuit sur la terre.

Mon ami fit faire une civière avec

des branches d'arbre et de la mousse, sur laquelle on m'étendit pour me transporter jusqu'à la chaloupe et de là chez lui, où nous apprîmes que mon vaisseau était parti. Me voilà donc encore condamné à rester dans ce pays et à repasser par les mains des chirurgiens, pour faire guérir mon bras, après avoir eu bien de la peine à y sauver mes jambes.

Hélas ! m'écriai-je dans l'excès de mon affliction ; « si le diable m'attaque » ainsi tous les membres l'un après » l'autre, que ne me prend-il tout de » suite la tête, pour me délivrer plus » vite. »

Il est inutile de détailler un nouveau récit de mes souffrances, du mauvais sang que je dus faire des mortelles journées qui s'écoulèrent encore pour moi, et qui ne furent un peu adoucies que par les soins compâtissans du digne ami chez qui je me trouvais. Il suffit de dire, pour ne pas fatiguer le lecteur, que revenu en santé, et ayant l'occasion d'un autre navire qui faisait son chargement pour la France, je m'arrangeai avec le capitaine pour mon passage.

Je laissai à mon fidèle correspondant pour cent mille francs d'effets négociables qui me restaient, le chargeant de les employer en marchandises de bon débit, pour me les faire passer à Marseille, à mon adresse, chez un autre brave homme avec qui, depuis long-tems, nous faisions aussi tous les deux des affaires, et je m'embarquai, n'emportant avec moi qu'une somme en or, et un petit sac de pierreries et de diamans que mon beau-père m'avait remis avant sa mort.

Je n'oubliai pas de bien recommander à mon ami de faire faire une bat-

tue dans l'île funeste où le singe maudit m'avait dévalisé de mon porte-
feuille, contenant cinquante mille fr.
en lettres-de-change, et si le hasard
permettait que l'on en retrouvât quelque chose, d'en tirer le meilleur parti
possible à mon avantage. D'après cela
nous nous embrassâmes, et nous nous
quittâmes avec les plus sincères dé-
monstrations et assurances d'amitié.

CHAPITRE IV.

Nouveau Combat en mer. Je suis pris par un Corsaire barbaresque.

Jusques - la j'avais déjà bien lieu de sentir que mes disgraces sur mer ne le cédaient pas à celles que j'avais essuyées sur terre ; mais j'étais loin de pouvoir deviner toutes celles qui me menaçaient encore. Quelquefois même en me rappelant le nombre de tous les cruels évènemens qui m'avaient continuellement assailli, j'osais presque me flatter d'en avoir épuisé la mesure, et que la mauvaise fortune acharnée contre moi si long - tems, ne pouvait plus trouver de nouveaux traits pour me frapper ; mais combien j'étais loin

de compte, et que de flèches aigues
devaient encore percer mon cœur !...

Après quelques jours d'une navi-
gation assez tranquille, le matelot qui
était en vigie signala un vaisseau qui
venait sur nous à toutes voiles, et qui
avait l'avantage du vent. Il fut bientôt
à notre portée, et nous attaqua avec
fureur.

Le lecteur se souvient peut-être des
faux Barbaresques entre les mains desquels j'avais été livré dans cette première île espagnole, où des amans de
ma femme m'avaient fait conduire par
surprise. Ceux - là ne m'avaient fait
que la peur ; mais ceux à qui nous
avions à faire cette fois ci, étaient de
bien véritables corsaires de *Tunis*,
dont il n'y avait pas de quartier à es-
pérer. Il fallut donc défendre sérieusement notre vie, notre fortune et
notre liberté, car ces braves gens - là

en veulent également à tous les trois.

On se battait avec intrépidité de part et d'autre, et déjà par trois fois nous étions venus à bout de détacher les crampons de fer avec lesquels ils avaient accroché notre vaisseau pour y sauter à l'abordage. Une partie de notre équipage était tué ou hors de combat, et l'on parlait de se rendre et d'amener le pavillon, lorsque notre capitaine préférant la mort à l'esclavage, et furieux de se voir tomber au pouvoir des Barbares, mit lui-même le feu aux poudres, et fit sauter le vaisseau avec un fracas épouvantable.

Le corsaire ennemi fut même très-maltraité des débris qui, en retombant sur lui, écrasèrent beaucoup de ses gens; mais tous les nôtres périrent, excepté-moi qui, par un hasard plus malheureux que favorable, étais réservé à de nouvelles infortunes. Ayaut été enlevé avec une partie du gaillard d'arrière, sur lequel j'étais au moment de l'explosion, j'avais été préservé de l'action du feu par les pièces de charpente et les toiles qui m'environnaient.

En tombant à l'eau, je m'étais trouvé à califourchon sur le mât d'artimon, après lequel je m'étais cramponé machinalement, et il me soutint sur la mer qui était calme en ce moment. Quand la connaissance me revint, me voyant en cette terrible extrêmité, ma première intention fut d'abandonner ce mât préservateur qui me conservait une existence que tout me faisait trouver si à charge, et de me laisser couler à fond pour terminer mes peines.

Mais cet instinct de la nature qui nous fait tenir à la vie, si malheureuse qu'elle soit, semblait m'attacher

malgré moi sur cette pièce de bois qui
me séparait encore du trépas; d'ailleurs, pensant alors que j'avais dans
mes poches mon or et mes diamans
que je n'avais pas quittés depuis mon
entrée dans le vaisseau, je me flattais
encore de pouvoir trouver des ressources, si j'avais le bonheur d'échapper à ce dernier danger,... bien inutile
espoir! mon sort était décidé.

Le trouble que cet évènement terrible avait occasionné sur le corsaire
étant un peu diminué, il pensa à profiter de ce qu'il pourrait sauver d'u-
tile des débris de notre vaisseau, et
ses canots se mirent à la mer pour re-
cueillir tout ce qui flottait encore autour de lui. On m'apperçut sur mon
mât, on vint à moi et on m'enleva ;
mais en me sauvant de la mort, on me
la troquait contre l'esclavage. Les pi-
rates m'emmenèrent sur leur brigantin

où ils me dépouillèrent, m'enchaînè-
rent et me conduisirent à Tunis.
Etait-ce la peine d'échapper aux gouf-
fres de la mer?

CHAPITRE VII.

Je suis esclave à Tunis. Rencontre que j'y fais.

LE premier soin de ces barbares ayant été, comme je l'ai dit, de me dépouiller, après avoir vu passer entre leurs mains mon or et mes pierreries, on peut penser que je ne tenais plus guère à la conservation de mon corps, qu'ils destinaient aux travaux les plus rudes ; aussi je regrettais bien sincèrement de n'avoir pas été englouti comme mes camarades d'infortune, dont cette catastrophe avait terminé les maux.

Je fus traîné nu sur la grande place, et exposé en vente avec les autres pri-

sonniers, c'est-à-dire, esclaves que le
capitaine avait faits dans le cours de
sa croisière. Un riche Tunisien des
premiers de la régence, m'acheta. Il
m'envoya dans une superbe maison de
plaisance qu'il avait aux environs de
la ville, où je fus d'abord employé
aux travaux du jardin.

Je n'avais aucune connaissance dans
cette partie, et de plus n'entendant
rien au langage des féroces supérieurs
qui me commandaient, je ne faisais
sans doute que de très-mauvaise be-
sogne. Aussi dans les commencemens
j'étais roué de coups, et mon pauvre
corps silloné de meurtrissures rouges,
bleues, noires, violettes, jaunes....,
offrait aux yeux autant de nuances différentes, que les parterres du jardin
émaillés des fleurs de diverses cou-
leurs.

Cependant pour éviter d'être si fort battu, je mis tant d'application à regarder travailler les autres, que j'en vins au point de faire à-peu-près aussi bien qu'eux, et mes épaules étaient déjà moins maltraitées, lorsqu'un service que j'eus occasion de rendre à l'intendant ou jardinier en chef, me mit très-bien dans ses bonnes grâces. Il y avait, à l'un des bouts du jardin, un ancien puits dégradé que l'on avait négligé de réparer, et dont l'ouverture était presque toute recouverte par des herbes qui avaient cru à l'entour, parce que cet endroit fort écarté n'était pas cultivé. Cet homme qui y passa par hasard, et qui n'en avait pas connaissance, tomba dans ce trou, profond au moins d'une vingtaine de pieds.

Un esclave portuguais, qui était

aux environs, l'avait bien vu passer, et tomber ensuite; mais, charmé de l'accident de ce supérieur qui était fort dur pour nous tous, il se garda bien de chercher à lui donner du secours; et au lieu d'accourir à ses cris, il s'éloigna bien vite, espérant que le malheureux mourrait dans ce puits. Il me rencontra et m'apprit cet évènement avec joie, croyant que j'en ressentais autant que lui de la perte d'un homme qui m'avait traité si barbarement.

Mais je pensai différemment. Soit humanité naturelle à un bon caractère, soit calcul d'intérêt personnel, en pensant que cet homme m'aurait obligation d'un si grand service, je me déterminai à le sauver. Pour cet effet, j'allai prendre deux longues échelles et des cordes que je portai à l'endroit

où le jardinier était si bien enterré. Je
les attachai au bout l'une de l'autre,
et je les descendis ainsi dans le puits
dont elles atteignirent juste la profon-
deur. Alors, le pauvre diable remonta
et me fit toutes sortes de remercîmens
et de caresses. A compter de ce moment, il m'exempta de tous les rudes
travaux et me donna pour toute tâche
l'entretien d'un parterre de fleurs qui
était en face du pavillon du harem de
notre patrron. Je vis par-là que mon
calcul avait été juste, qu'un bienfait
n'est jamais perdu ; mais le Portuguais,
qui s'était réjoui du malheur de
l'autre, eut aussi occasion de connaître que les mauvais sentimens sont
toujours punis.

Le jardinier l'avait vu en passant
aux environs du puits, et était bien
sûr qu'il avait été témoin de sa chûte.

Furieux contre lui de ce qu'il n'était
pas venu à son secours, il lui fit ap-
pliquer une cruelle bastonnade, qui,
par contre-coup, me fit éprouver à
moi une punition bien plus terrible ;
ce qui me prouva encore que tout ce
qui m'arrivait, même avec l'apparence du bien, ne devait servir qu'à
me pousser au comble de la calamité.

Le Portuguais ayant su que c'était
moi qui avait retiré le jardinier de sa
fosse, ce qu'il devina aisément par
son changement de conduite à mon
égard, jura de me faire payer cher la
bastonnade dont il croyait m'être re-
devable ; parce qu'outre qu'il suppo-
sait que j'avais dit au jardinier la joie
qu'il avait montrée de sa chûte, il pensait aussi plus raisonnablement que si
j'avais laissé ce malheureux mourir

dans son trou , il n'aurait pu le faire
punir lui, pour ne l'en avoir pas retiré. On verra bientôt combien sa ran-
cune me devint funeste.

Quelque tems après, j'étais un jour
de très-grand matin à arroser les fleurs
de mon parterre, lorsque je vis un
papier passer à travers la jalousie
d'une croisée du pavillon des femmes
du patron, et tomber au pied de la
muraille. Incertain si je devais le ra-
masser ou non, je le regardai quelque tems sans pouvoir me décider.
Enfin, la curiosité l'emporta, je ramassai le papier.

Me croyant bien seul alors , car à
peine le jour commençait-il à poindre,
je le déployai et j'y lus : « Une Fran-
» çaise, que vous avez aimée, qui
« elle-même a eu pour vous les sen-
» timens les plus tendres et qui vous

» les conserve encore, désire savoir
» si vous seriez capable d'entreprendre
» quelque chose pour recouvrer votre
» liberté en lui rendant la sienne, elle
» pourra vous en procurer les moyens.
» Si vous êtes dans cette intention,
» coupez en ce moment une fleur et
» éparpillez-là. Ce geste me fera con-
» naître votre consentement, et re-
» trouvez-vous demain ici à la même
» heure. »

Je coupai la fleur comme on me
l'ordonnait, et je vis un léger mouvement à la jalousie, qui me fis comprendre que la personne se retirait.
Je déchirai alors le billet, j'en avalai
les morceaux crainte d'accident, et
j'allai d'un autre côté pour rêver à
cette aventure, et par précaution pour
ne pas me laisser voir si long-tems à
la même place; mais je n'avais pas

tout prévu; et le diable, plus fin que
moi, savait trop bien tirer parti de
toutes mes actions pour me nuire.

CHAPITRE VIII.

Nouvelle Conspiration tramée contre moi.

-Depuis sa bastonnade, le rancuneux Portuguais épiait toutes mes démarches, pour pouvoir trouver un motif à me faire infliger quelque châtiment. Au moment où me croyant bien seul, j'avais ramassé et lu le billet, ce méchant homme, constamment attaché à mes pas, m'avait bien apperçu. Caché derriere une épaisse charmille, il avait observé toute ma manœuvre ; et après que je fus parti en déchirant et avalant les morceaux du billet, il était venu sur la place que j'avais quittée pour voir s'il ne trouverait pas quelqu'indice qui l'instruirait davantage.

Par malheur, dans ma précipita-
tion, je ne m'étais pas apperçu qu'un
des morceaux de ce papier s'était
échappé de mes doigts et avait été
poussé par le vent sous un rosier;
mon ennemi le trouva. Il n'y avait
dessus qu'une ligne d'écriture, mais
elle suffisait pour me perdre, et il
était bien décidé à n'en pas manquer
l'occasion.

Il alla sur-le-champ trouver un eunuque blanc renégat, Français aussi,
que notre patron avait mis à la tête de
tous ses esclaves, et qui avait l'inspection sur toutes les femmes de son harem Il lui détailla ce qu'il savait de
mon histoire; il lui montra le fatal
morceau du billet, et lui indiqua la
jalousie d'où il l'avait vu tomber.

L'eunuque connut par - là quelle
était la femme qui voulait comploter
avec moi, et me donnait ce rendez-

vous. Il questionna le Portugais plus au long sur mon compte, et ayant appris de lui mon nom et mon pays, il lui dit qu'il pouvait être assuré de ma punition ; qu'il avait lui-même sujet de m'en vouloir depuis long - tems, et qu'il se donnerait le plaisir d'une bonne vengeance.

Ce nouvel et cruel ennemi que je ne m'attendais guères de retrouver là, était ce scélérat jeune homme dont j'ai parlé au premier volume de mon histoire ; celui qui m'avait séparé du jardinier qui me reconduisait, par ordre des jésuites, à la maison paternelle, qui m'avait dépouillé chez une voleuse libertine, et exposé tout nud la nuit dans la rue, d'où la garde m'avait porté à la morgue, et qui en dernier ressort m'avait revu depuis avec mon père, dans la prison où il fut amené pour d'autres crimes, et à qui j'avais reproché le vol qu'il m'avait fait si indignement.

Ce misérable avait été condamné aux galères, mais il avait trouvé moyen de s'en échapper. Par suite de ses aventures et de ses courses, il avait été pris sur le fait en Italie, volant un seigneur dont il avait débauché la maîtresse. L'Italien l'avait fait châtrer, et l'avait ensuite livré à un corsaire qui l'avait emmené et vendu à Tunis à mon patron. Pour faire adoucir sa condition d'esclave, il avait fait abjuration du christianisme, et depuis ce moment il avait obtenu toute la confiance de son maître qui, en lui donnant sa liberté, lui avait fait un sort heureux, et donné l'inspection générale dans son palais.

Il m'en voulait toujours; premièrement parce que c'est l'usage des méchans d'être de plus en plus mal disposés pour ceux à qui ils ont fait du tort une fois ; secondement, parce que sans réfléchir qu'accusé déjà de plusieurs crimes, il avait bien mérité une sévère correction, il s'était persuadé que c'était une plainte de mon père et de moi contre lui, qui l'avait fait condamner à la chaîne.

Après avoir médité sur la manière dont il assouvirait son cruel et injuste ressentiment, son infernal génie lui inspira le projet infâme qui devait être le plus désespérant pour moi, et me causer les plus sensibles et les plus longs chagrins. Voici comme il s'y prit pour l'exécuter.

Il alla trouver la femme qui m'avait jetté le billet, et d'un air patelin et rempli de bonne volonté pour elle, il lui montra la ligne qui lui en avait été remise par le Portugais, en lui déclarant qu'il était au fait de son intri-

gùe avec moi, m'ayant surpris lui-
même, et vu quand je ramassais le
billet; que m'ayant rejoint aussitôt
après mon départ de l'endroit, dans
l'intention de me faire punir, il m'avait
reconnu avec surprise, mais avec beaucoup d'intérêt, pour un homme avec
qui il avait été très-lié en France, et
dont il avait toujours été l'ami intime.

Qu'alors au lieu de penser à me
faire du mal, il n'avait plus eu que le
désir de me donner de nouveaux témoignages de son affection et de la
reconnaissance qu'il me devait pour
les services qu'il avait reçus de moi ;
que sa place et le crédit qu'il avait sur
l'esprit de notre maître lui donnant la
facilité de m'être utile à son tour, il
m'avait promis de me faire avoir ma
liberté ; que d'après cela, plein d'une
juste confiance en lui, je lui avais
avoué ce qu'il m'avait dit avoir vu....

qu'en conséquence, loin de vouloir la
trahir elle-même, son dessein était de
favoriser son entreprise, et qu'il venait pour lui en donner les plus surs
moyens.

Il lui ajouta que, puisque je devais
revenir, suivant l'ordre de son billet,
dessous sa jalousie, elle devait m'é-
crire de feindre que je voulais embrasser le mahométisme, et que cette pro-
position, que je ferais à notre patron,
me mettant d'abord bien plus à l'aise,
j'obtiendrais de plein-pied ma liberté;
ensuite que l'on me rendrait tous les
biens qui m'avaient été pris, auxquels
on en ajouterait de plus considérables;
que l'on me donnerait un château, un
harem, auquel il obtiendrait, lui, de
notre maître, son agrément pour l'y
faire faire conduire, elle, d'autant plus
aisément, disait-il, que le patron fatigué de sa résistance à ses désirs,

avait déjà résolu de la vendre, et l'a-
vait même chargé de lui trouver un
acheteur.

D'après cela, disait-il encore, il me
serait facile d'armer un corsaire sous
prétexte d'aller en course, d'y faire
porter tous mes trésors, et de partir
ensuite avec elle pour retourner en
France.

La femme, dupe de ses perfides in-
sinuations, écrivit le billet dans lequel
elle me détailla avec chaleur toutes
ces flatteuses espérances, et m'atten-
dit à sa jalousie à l'heure indiquée.
Moi, oubliant tous les chagrins que
j'avais déjà éprouvés à l'occasion de
ce sexe si aimable, mais si dangereux,
et tous les sermens que j'avais répétés
de le fuir désormais...., ou pour mieux
dire, poussé par le démon acharné à
ma perte, j'avais devancé le moment
du rendez-vous, et j'étais déjà sous

ses croisées à la désirer avec impa-
tience, lorsqu'enfin sa lettre tomba à
mes pieds. Je la ramassai avec le plus
vif empressement, bien éloigné de
penser qu'un poignard qui me serait
tombé sur le cœur m'aurait été moins
fatal.

CHAPITRE IX.

Le plus cruel de mes Guignons.

Je me retirai bien vite dans un coin écarté du jardin, pour y lire, sans témoin, cette lettre où je pensais bien trouver les assurances et les possibilités de mon bonheur. Cependant après l'avoir lue, le moyen qu'on me proposait de renoncer à ma religion m'inspirait des scrupules. Je ne me piquais pas d'être un chrétien bien rigoriste ; mais la force de l'habitude, le mépris public qui me paraissait devoir être la punition première de l'apostat qui reniait la foi de ses pères, me faisait hésiter à prendre ce parti.

Le misérable Français qui avait résolu mon déshonneur et ma perte, me guettait. Il m'aborda dans ce moment de mon incertitude; je l'avais déjà bien entrevu de loin, mais son costume riche et l'emploi supérieur qu'il exerçait sur les humbles esclaves, m'avait tenu à trop de distance de lui, pour que j'eusse pu, jusqu'alors, le reconnaître. A peine avais-je osé tourner les yeux sur lui; et je l'aurais envisagé, qu'avec le changement que le tems avait opéré dans ses traits, et dans une partie du monde opposée, moi qui l'avais absolument perdu de souvenir, je n'aurais jamais pu deviner que c'était lui que je retrouvais sous un vêtement turc.

Il feignit de ne me reconnaître qu'à ce moment, me témoigna le plus grand chagrin de me voir esclave, et en même tems le plus grand intérêt pour adoucir mon sort. Il me fit une histoire de ses aventures et de ce qui l'a-

vait amené dans ce pays ; me dit ce
que je savais déjà avant de l'avoir reconnu, qu'il était tout - puissant sur
l'esprit de mon patron, et que pour
répondre à l'indulgence que j'avais
eue jadis de lui pardonner le mauvais
tour qu'il m'avait joué, à l'instigation
d'une femme scélérate qui l'avait ensuite trompé lui - même après l'avoir
porté au crime, il était déterminé à
me remettre en liberté.

Après s'être ainsi insinué dans mon
esprit toujours faible et imprudemment confiant, il me ramena sur le
même point qu'il m'avait fait conseil-
ler par la Française en question, dans
la lettre qu'il lui avait dictée. Pour
me décider plus vîte, il se cita lui-
même pour exemple, me dit qu'ayant
été fait esclave comme moi, et condamné d'abord aux plus vils et aux
plus rudes travaux, il s'était procuré

la liberté et la fortune , en feignant d'abjurer la religion qu'il professait toujours dans le cœur ; que cet acte postiche nous mettait en grande faveur parmi les Mahométans , qui étaient très-glorieux de faire des proselites à leur prophète Mahomet. Pour plus grande preuve, il me dit même qu'il al ait épouser la fille du patron, qui lui donnerait pour dot des trésors immenses avec lesquels il comptait bien repasser incessamment en France; et que si je voulais suivre son exemple, cela me donnerait la facilité de fuir avec lui , et d'aller ensemble revoir notre patrie, et y jouir d'une fortune considérable.

Hélas ! il était dans mon destin de donner dans tous les pièges qu'on me tendrait , et je me laissai prendre encore à celui-là. J'eus la bêtise de croire ce fourbe, de le remercier de l'inté-

rêt qu'il me témoignait, et de plus de
le prier de me rendre le service d'annoncer à mon maître l'intention où
j'étais, ou du moins où nous conve-
nions que je paraîtrais être de prendre le turban.

Il fit promptement sa commission,
et me rapporta la réponse la plus favorable. Dès ce moment je fus séparé
des autres esclaves, traité avec distinction, et mis entre les mains des
Imans ou prêtres de la loi mahomé-
tane, pour être instruit des dogmes
de la nouvelle religion que je disais
vouloir embrasser.... mais j'étais toujours sous la surveillance de ce traître
sur-intendant, dont j'étais bien éloigné de suspecter les perfides inten-
tions qu'il savait déguiser sous les ap-
parences de la plus sincère amitié.

Une chose pourtant me fit de la
peine. Comme j'avais l'esprit naturel-

lement assez vif et la conception très-
facile, de plus une grande envie d'être
bientôt débarrassé de toutes ces ridi-
cules momeries, on me jugea, sous
peu de tems, digne d'être aggrégé au
nombre des fidèles croyans.... Mais il
restait à faire une cérémonie qui me
répugnait beaucoup: c'était celle de
la circoncision. Mais mon traître me
sermona tant à ce sujet, m'assura si
fort que c'était très-peu de chose puisque lui-même, disait-il, n'y avait pas
pensé deux jours, qu'enfin je m'y dé-
cidai, et le jour fut fixé pour l'opération, après laquelle, me disait-on
encore pour m'exciter davantage, on
devait me rendre mon riche écrin de
diamans, et de plus un présent considérable de la part du Bey, qui devait être mon parrain pour ce nouveau
baptême.

La veille du jour de mon exécution, car je peux bien dire que c'en fut une bien cruelle, et dont tout le reste de ma vie m'a rappelé et me rappelera le douloureux souvenir..., mon perfide protecteur soupant avec moi, car d'après la fausse amitié qu'il m'avait témoignée, et d'après les ordres de mon patron tunisien, c'était lui qui était uniquement chargé de ma personne, le fourbe m'engagea à manger peu, et me fit boire une potion qui, disait-il, amollissait les chairs, et préparant les esprits, rendait la petite amputation qu'on devait me faire si peu sensible, que je ne m'en appercevrais pas.

Imbécile que j'étais de ne pas me souvenir alors qu'après le premier souper que j'avais fait avec lui longtems auparavant, l'effet d'une drogue qu'il m'avait fait prendre, m'avait conduit à la morgue, et manqué faire périr de différentes manières plus fâcheuses l'une que l'autre.

Je bus donc imprudemment son topique, un sommeil léthargique s'en suivit bientôt. On me porta sur un lit et l'on m'opéra.

CHAPITRE X.

Suite de mon opération. Je quitte Tunis.

JE restai long-tems sur le lit où l'on me traitait et où j'avais les jambes retenues et les mains attachées. Je souffrais et je me plaignais beaucoup à mon traître de ce que l'on m'avait fait subir une opération si douloureuse, et dont la guérison était si longue ; mais j'étais bien loin de me douter encore du trait infâme que ce monstre m'avait fait. Il m'exhortait à la patience, et me calmait un peu par la description brillante qu'il me faisait de tous les avantages que j'en retirerais, des honneurs et des nombreuses richesses que cela allait me procurer.

Enfin, le moment vint où entièrement guéri, je fus détaché, et j'eus la liberté de sortir de mon lit. Mon premier mouvement de curiosité fut de visiter la partie sur laquelle on avait instrumenté. Qu'on juge de ma surprise, de ma confusion et de ma rage, quand je vis qu'au lieu de ne me faire, comme on l'avait annoncé, qu'une légère amputation, le scélérat m'avait enlevé les preuves de ma virilité.

Je me levai dans un accès épouvantable de fureur, je parcourus les chambres en écumant et en poussant des hurlemens affreux; et si j'eusse pû tenir l'indigne renégat, au défaut d'une arme pour le poignarder, je l'aurais déchiré avec mes mains et mes dents; mais il riait plus loin de mon inutile désespoir, et quatre nègres robustes à qui il avait donné des ordres,

jettèrent sur moi et m'attachèrent
e nouveau.

Il est nécessaire que j'apprenne ici
u lecteur ce que je sus ensuite de
ette trame abominable. Ce monstre
e renégat avait commencé par dé-
ouvrir au patron mon espèce d'in-
igue avec une de ses esclaves; et
ans sa fureur, celui-ci allait donner
ordre de m'empaler; mais pendant
u'on faisait les préparatifs de mon
upplice, il arriva dans le port un
aisseau hollandais dont le capitaine
pportait ma rançon qui lui avait été
emise par mon ami le correspondant
ont j'ai déjà parlé.

Je lui avais écrit dans les commen-
emens de ma captivité, que mon pa-
on ayant appris que j'avais des fonds
ma disposition, m'avait demandé
inquante mille francs pour me déli-
rer; et que préférant ma liberté à la

fortune qui me devenait inutile, je l
priais de me faire passer cette somm
sur les cent mille francs qu'il avait
moi. Ce brave homme les avait aus
sitôt remis à ce capitaine qui était so
ami.

Mon patron, voyant cet argent, ai
ma mieux le recevoir que de se don
ner le plaisir de me voir empaler ; i
signa donc un reçu au capitaine, et i
donna l'ordre au renégat de me fair
conduire à bord du vaisseau. Mais c
scélérat, mécontent de me voir échap
per à l'affreuse vengeance qu'il avai
méditée contre moi, voulut au moin
se satisfaire d'une façon. Ne pouvan
donc me faire donner la mort, il avai
imaginé de me mettre dans un éta
que lui-même, d'un tempérament fou
gueux, jugeait pire que le trépas.

Il fit entendre au capitaine que j'é
tais malade dans une autre maison d

mpagne du patron , et que comme
vaisseau devait séjourner quelque-
ms dans le port pour se défaire de
s marchandises, il m'y conduirait
tôt que je serais rétabli. Il avait pro-
té de cet intervalle pour me faire ce
ur exécrable à l'insu du patron. Le
our du départ du navire étant arri-
é , il m'y fit mener sans m'informer
u'on avait payé ma rançon , mais me
isant que c'était aux bonnes inten-
ions qu'il avait pour moi que je de-
ais ma liberté. Que ce que j'avais
ouffert avait été par les ordres de
on maître, et qu'il s'exposait encore
sa colère par amitié pour moi en me
élivrant ainsi, qu'il tâcherait cepen-
ant de lui persuader que j'étais mort
és suites de l'opération.

Cet abominable monstre voulait
ncore recevoir de moi des remerci-
ens pour l'horrible tourment qu'il

m'avait fait souffrir et les regrets éter
nels qu'il me laissait. Il me fit donc ains
partir, non pas avec, mais sans le
témoins de mon malheur; et de cett
fois je renouvellai, mais bien plus for
tement et plus sûrement qu'avant, l
serment que j'avais déjà fait de renon
cer aux femmes.

CHAPITRE XI.

Naufrage et nouveaux Malheurs.

Le capitaine de ce vaisseau hollandais sur lequel on m'avait embarqué, après s'être occupé de la manœuvre, pour sortir du port et gagner la pleine mer, fut très-surpris de me voir triste et rêvant à l'écart, au lieu de lui adresser quelque remercîmens et de témoigner de la joie de ma liberté.

Effectivement, ignorant lui avoir la moindre obligation, et confus de mon double malheur de me trouver disgracié dans la nature et dans la fortune, car je n'avais pas un sou vaillant, et ne savais même comment je ferais pour exister sur ce navire,

n'ayant pas songé à faire cette réflexion
au renégat, dans l'empressement que
j'avais de m'éloigner de mes bou-
reaux.

Le capitaine donc ayant remarqué
ma consternation, vint le premier à
moi et me demanda, en souriant, si
je n'étais pas charmé de me voir af-
franchi d'un rude esclavage, ou si je
regrettais à Tunis quelque objet bien
intéressant. Hélas! j'aurais trop rou-
gi de lui dire que j'y en avais laissés
de bien essentiels pour moi. Je me
contentai de soupirer amèrement, et
je ne lui répondis pas, présumant qu'il
était instruit de mon infortune, et que
c'était une plaisanterie barbare qu'il
avait la cruauté de me faire. Je voulus même me retirer pour ne plus
l'entendre; mais étonné de plus en
plus de ma conduite, il m'arrêta et
me demanda plus sérieusement si j'a-

vais à me plaindre de lui, et si je trouvais qu'il ne se fût pas bien acquitté
de l'agréable commission que lui avait
donnée à mon égard le correspondant
mon ami.

Surpris à mon tour autant que lui,
je lui dis que je ne comprenais rien à
son discours; que c'était la première
fois que j'avais l'honneur de le voir,
et que je pensais n'avoir ni à me plain-
re, ni à me louer de lui. « Il est vrai,
eprit-il, que c'est la première fois
» que nous nous voyons; mais, en
vous amenant sur mon vaisseau, on
a dû vous apprendre que c'était moi
qui avais apporté votre rançon au
patron dont vous étiez esclave. »

« Comment, ma rançon!.... Vous
avez payé une rançon pour moi?
— Assurément. N'aviez-vous pas
écrit de Tunis à votre ami don Lo-

» pez de Xintra de vous envoyer cin-
» quante mille francs pour vous ra-
» cheter ? Eh bien, ce brave homme
» me les a remis aussitôt, parce que
» j'étais en chargement pour la côte
» d'Afrique, et je les ai livrés pour vous
» à Ibrahim Massout votre patron,
» dont voilà le reçu, et je n'ai pu vous
» voir alors, parce qu'on me dit que
» vous étiez malade dans une cam-
» pagne éloignée , et que les affaires
» de mon vaisseau me retenaient au
» port. » Et il me montra la quit-
tance que le Mahométan lui avait
donnée.

Je commençai alors à soupçonner
la trame d'iniquité dont j'avais été la
victime de la part du renégat ; je me
rappelai la lettre que j'avais écrite à
l'espagnol don Lopez, que l'enchaînement de mes malheurs m'avait fait ou-

blier depuis. Me souvenant en même
tems d'une lettre que m'avait donnée
mystérieusement le nègre qui m'avait
amené au vaisseau, en me défendant
de la lire avant d'être en pleine mer,
je la tirai de ma poche, et la lus.
Voici ce qu'elle contenait :

« Je suis la malheureuse esclave,
» cause première, mais innocente de
» votre infortune, dont je gémirai
» toute ma vie. L'infame renégat
» ayant surpris, je ne sais comment,
» notre secrète correspondance, vous
» fit tendre, en nous trompant tous
» deux, le piège funeste où vous avez
» été pris. L'intention de ce misé-
» rable était de vous faire périr; mais
» voyant que le patron qui reçut
alors votre rançon, voulait vous
» renvoyer, il imagina la barbare
» atrocité qu'il a exercée sur vous.
C'est lui-même qui m'a appris ces

» horribles détails pour m'épouvan-
» ter sur ce qu'il pouvait exercer
» contre moi, si je ne consentais à
» avoir des complaisances pour ses
» abominables désirs Je vous con-
» nais l'ame généreuse, et maintenant
» que vous retournez en Europe, je
» vous conjure de vouloir faire ap-
» prendre à mon père, qui est le
» gouverneur de l'île espagnole, où
» vous avez habité chez don Lopez
» de Xintra, et où je vous ai vu plu-
» sieurs fois, que j'ai été enlevée par
» les Barbares, dans la traversée que
» je faisais pour aller rejoindre notre
» famille à Carthagène, que je suis
» esclave à Tunis, et que je le prie
» de faire tout pour me rendre la li-
» berté. »

LÉONORA MENDOCE, née à St.-
Domingue, Cap-Français.

Je me rappelai alors cette charmante et infortunée jeune personne
dont j'avais reçu un accueil favorable,
quand mon ami don Lopez m'avait
présenté chez le gouverneur , son
père, et pour laquelle j'avais ressenti
les commencemens d'une passion que
les désagrémens que j'avais éprouvés
en amour m'avaient seuls empêché
d'entretenir. Je donnai sa lettre à lire
au brave capitaine à qui je fis les remercîmens que je lui devais, et qui,
comprenant par cette lecture l'igno-
rance où j'avais été de l'intérêt qu'il
avait pris à moi, loin de m'en savoir
mauvais gré , n'en témoigna que plus
d'attendrissement sur mon sort , et me
donna toutes les assurances possibles
de son amitié.

Il me dit de plus que don Lopez
l'avait chargé de m'apprendre qu'il

avait employé les autres cinquante
mille francs qui lui restaient à moi,
en marchandises d'excellent débit, et
qu'il les avait adressées, suivant mon
indication, à ce négociant de Marseille, notre correspondant commun,
qui me ferait au moins, sur la vente
de ces objets, un bénéfice du double
de ma somme.

Me voilà donc un peu rassuré sur
mon existence; et sauf le regret de
mes pertes irréparables, j'espérais
pouvoir encore jouir d'un peu de tran-
quillité sur le reste de mes jours.
L'heure du repas étant arrivée, je me
laissai conduire à table par le capitaine, n'ayant plus d'inquiétude sur
la possibilité de lui payer ma nourriture.

La journée entière et quelques sui-
vantes se passèrent fort agréablement;

et si mes réflexions douloureuses sur le passé m'empêchaient de prendre une grande part à la bonne humeur et aux plaisirs que les passagers et officiers du vaisseau cherchaient à se procurer, du moins la vue de leurs amusemens servait d'une légère distraction à mes chagrins.

Mais chaque instant devait m'en rapporter de nouveaux, et j'étais partout, comme Jonas dans son navire, un objet d'anathême et de proscription pour tous mes compagnons.

Le cinquième jour, après notre départ de Tunis, nous fûmes assaillis par une tempête violente qui, après nous avoir poussés pendant quarante-huit heures sans interruption, et que nous eûmes perdu notre gouvernail, qui fut emporté par un coup de mer, nous jetta sur les rochers d'une côte

inconnue, où notre navire se brisa.
Quelques-uns d'entre nous parvinrent
à se sauver, c'est-à-dire, à entrer dans
les petites embarcations qu'on avait
trouvé moyen de mettre à flot avant
le déchirement entier du vaisseau ; et
je me rencontrai avec le capitaine et
quinze autres personnes de l'équipage
dans la chaloupe.

Mais au milieu d'une nuit affreuse,
pouvant à peine résister à l'impétuo-
sité des vagues qui mugissaient avec
fureur le long de ces rochers, ne
voyant à nous conduire que par la
lueur des éclairs qui, enflammant un
instant l'horison embrumé qui nous
enveloppait, nous laissaient après
dans une obscurité plus profonde :
notre sort n'était pas plus assuré et
était même plus cruel par les transes
continuelles et les appréhensions d'une

mort qui paraissait inévitable, que celui de nos camarades qui avaient déjà
trouvé leur tombeau dans les abîmes
de la mer.

———❉———

CHAPITRE XII.

Situation critique.

A FORCE de travaux et en surmon-
tant mille dangers, nous parvînmes à
nous éloigner de cette côte si dangereuse; et le vent s'étant un peu calmé,
notre chaloupe n'eut plus tant à souffrir des vagues, qui, plus près de terre,
menaçaient à chaque instant de nous
engloutir; mais où allions-nous? sur
quel point pouvions-nous diriger notre marche, sans connaître où nous
nous trouvions, et sans aucun guide,
ne pouvant pas encore, à cause des
ténèbres, nous diriger par une bous-
sole que le capitaine avait eu la précaution de prendre avec lui?

Le plus prudent était d'attendre le

jour, et de tâcher de contenir notre barque contre la violence des courans, qui nous portant toujours sur les rochers, nous y auraient brisés infailliblement. Quelle nuit d'angoisses! et qu'elle nous parut longue et douloureuse à tous, ne pouvant, malgré la fatigue et l'épuisement que cette tempête affreuse nous avait causés, nous livrer à un moment de repos! Le jour tant désiré parut enfin; la mer était beaucoup plus tranquille, et le soleil se levant, dégagé de nuages, nous promettait un assez beau tems; mais il fallait attendre encore midi, l'heure où le soleil étant dans toute sa hauteur, permet de se servir des instrumens de marine, qui aident à reconnaître à-peu-près à quel point de l'hémisphère on se trouve.

Mais quelle terrible et désespérante situation! nous étions-dix-sept

hommes dans la chaloupe, et nous
n'avions aucune espèce de provision
de vivres, seulement une petite barrique d'eau douce plus d'à-moitié
vide, et qui pouvait à peine, en la
ménageant bien, servir à nous désal-
térer pendant deux jours. Malgré tous
nos efforts, le vent, pendant la nuit,
nous avait beaucoup éloignés de l'île
contre laquelle nous avions fait naufrage, et nous n'appercevions d'aucun
côté des débris de notre vaisseau,
parmi lesquels nous aurions pu trouver surnageans quelques tonneaux de
liqueurs, de biscuits ou de salaison.

A midi enfin, le tems étant clair et
le soleil bien brillant, le capitaine put
prendre hauteur, et reconnut avec
douleur que nous étions à une très-
grande distance de tous lieux habités
sur la route des vaisseaux. A cette fa-
tale annonce qu'il nous fit, le décou-

ragement s'empara de nous, et nous n'avions plus ni la force ni le cœur d'orienter nos voiles, ni de faire agir nos rames. Cependant, sur le soir, ayant vu voler au‑dessus de nous quelques oiseaux, nous jugeâmes que nous n'étions pas éloignés de quel‑ qu'île déserte où ces oiseaux font leurs nids. Nous observâmes la direction de leur vol, pour nous assurer de quel côté ils faisaient leur retour; et les ayant vu prendre vers le sud, nous profitâmes du vent qui heureusement soufflait sur ce point; et ayant vogué avec précaution toute la nuit, à l'aide de ce vent favorable, nous apper‑ çûmes le lendemain, sur les six heures du matin, une île où nous pûmes rendre terre.

Elle était inhabitée, comme le ca‑ itaine s'en était bien douté; et pour omble de malheur, elle ne produi‑

sait aucune espèce d'arbres ni de plan-
tes, et ne nourrissait en conséquence
aucune bête sauvage ou gibier qui aurait pu nous fournir de la nourriture;
mais il y avait une source d'eau douce,
qui nous procura pour le moment un
soulagement bien nécessaire : nous
prîmes beaucoup d'oiseaux qui ni-
chaient dans les rochers, et quantité
de poissons que nous fîmes sécher au
soleil.

Après avoir passé deux jours à nous
reposer sur cette île, et l'avoir bien
parcourue en tous sens, sans y trouver aucune autre ressource, nous
nous décidâmes à profiter du beau
tems qui continuait, et d'un vent qui
pouvait nous conduire à la côte d'A-
frique, dont le capitaine avait reconnu que nous n'étions pas éloignés;
et nous nous rembarquâmes dans notre chaloupe après y avoir mis ce que

nous pûmes d'oiseaux et de poissons salés, et rempli notre barrique d'eau douce.

Le capitaine avait jugé que trois jours du bon vent que nous avions alors, pouvaient nous suffire pour gagner l'endroit le plus proche de la côte où nous pourrions trouver plus de moyens de subsistances ; et qu'en nous ménageant bien, même en nous privant, s'il le fallait, nous avions pour six jours de quoi attendre l'évènement plus heureux.

Mais ce calcul avait été fait sur la possibilité et l'espérance du bonheur, au lieu que par-tout où je me renontrais, comme je l'ai déjà dit, mon malheureux destin amenait avec moi la calamité et la mort.

Sa funeste influence ne tarda pas à se faire sentir. Dès le second jour, le vent qui avait été favorable, tourna

tout-à-coup, et nous repoussa tout-à-
fait hors de la route que nous voulions
tenir. Nous passâmes ainsi quatre ou
cinq jours encore balottés par les
vents, qui étaient alors très-variables,
car nous étions dans le tems de l'é-
quinoxe, et nous étions portés tantôt
à l'est, tantôt à l'ouest. Depuis quatre
jours le ciel était si couvert de nuages,
que nous n'avions pas vu le soleil, et
par conséquent pas pu juger de la
distance où nous étions de terre, et le
brouillard augmentant toujours, à
peine pouvions-nous rien distinguer
autour de notre chaloupe.

Mais ce qui mit le comble à notre
désespoir, c'est que nous n'avions absolument plus de vivres, et l'eau douce
allait nous manquer aussi. Nous passâmes encore vingt-quatre heures dans
cette terrible extrêmité, sans avoir de
quoi manger, et réduits à périr de

faim ou à nous dévorer les uns les autres. Ne prévoyant plus d'autre ressource, ce dernier parti, tout cruel qu'il était, prévalut, trouvant qu'il était moins dur de finir tout d'un coup, que d'expirer lentement dans les affreux tourmens de la faim et de la rage. On se décida à tirer au sort, à qui de nous servirait le premier de pâture aux autres.

On pense bien que l'honneur de cette préférence ne pouvait me manquer; aussi le sort tomba-t-il sur moi. Mes compagnons d'infortune, malgré le besoin qui les pressait bien vivement, eurent l'humanité de ne pas m'expédier brutalement sur-le-champ. Ils consentirent à souffrir encore toute la nuit, et m'accordèrent jusqu'au lendemain pour me préparer à la mort, qui, disaient-ils, me délivrerait plutôt qu'eux de tous les maux horribles qui leur restaient à endurer.

Très-sensible à leur honnêteté, je
les remerciai de l'effort de complai-
sance qu'ils faisaient en ma faveur;
mais intérieurement je ne pouvais pas
me faire à l'idée d'être mangé. Je sentais aussi que je ne pourrais pas davantage m'accoutumer à manger les
autres; ainsi, toutes réflexions faites,
voyant que chaque moment de ma vie
me devenait plus fatal encore que celui qui l'avait précédé, je me déterminai à mettre moi-même fin à ma
malheureuse existence, en me précipitant dans la mer.

Je me croyais bien décidé à la mort,
lorsqu'un certain scrupule me retint.
Je me rappelai mes principes de religion, et je me dis que c'était un crime
de se détruire: comme je n'en avais
jamais commis volontairement, je me
trouvai embarrassé. Je n'osais plus me

noyer, mais je ne voulais pas non plus être mangé; c'était une alternative qui, 'e crois, en aurait embarrassé bien d'autres que moi.

A force de rêver là-dessus, il me vint une idée qui me sembla pouvoir fixer mon incertitude. La nuit était très - sombre, mes camarades dormaient ; j'étais seul à l'autre bout de la chaloupe, appuyé contre la barique qui était vide alors Je me dis : « Je » puis me jetter à l'eau avec cette fu-» taille ; ce ne sera qu'une épreuve » que je tenterai pour me sauver, et » si je péris, comme ce n'aura pas été » mon intention, il n'y aura pas de » crime de ma part. De toute manière, » je ne serai toujours pas mangé. »

Après ce soliloque intérieur qui me parut très-judicieux , je m'assurai d'a-bord si la barique était bien bondon-née , pour que l'eau ne put pas y en-

trèr; puis ayant dénoué la corde qui
l'attachait dans la chaloupe, j'en fis
plusieurs tours après mon corps , et
me jettai à la mer avec elle, à la garde
de Dieu lui-même, car je n'avais plus
de foi en mon inutile patron *Saint-*
Guignolet.

CHAPITRE XIII.

De Charibde en Scilla.

J'EUS une peine infinie à pouvoir
m'entretenir en équilibre sur mon tonneau, dont les vacillations occasion-
nées par les flots, me faisaient rouler
tantôt d'un côté, tantôt de l'autre,
quelquefois par-dessous, et j'avalais
toujours de l'eau salée; si bien que je
finis par perdre connaissance, et je
n'ai plus su ce qui m'était arrivé depuis; si mon tonneau, entraîné par
le courant, m'avait porté à terre, ou
si des hommes m'avaient pêché en
mer et emmené avec eux; mais quand
je revins à moi, le tems était serein,
le soleil brillait, et je me vis en-
touré de nègres.

Je crus d'abord rêver que j'étais encore esclave à Tunis; mais je fus bientôt instruit de la réalité d'un sort non moins affreux qui m'attendait. Ces nègres m'entraînèrent plus avant dans l'île, dans un endroit de la forêt, dont l'aspect était effrayant. Sous une masse de roches noires et escarpées qui formaient différentes voûtes étroites, était au milieu un bloc de pierre grossièrement taillé, qui figurait apparemment tant bien que mal le dieu que ces nègres adoraient. Après m'avoir dépouillé, on m'étendit à terre devant cet idole; alors bandant tous l'arc que chacun d'eux avait en main, ils y ajustèrent une flèche, et dansèrent à l'entour de moi avec des gestes convulsifs et en poussant des cris menaçans qui me glaçaient l'ame et me faisaient attendre, en frémissant, le coup de la mort.

Mais ce n'était encore qu'une céré-
onie préliminaire, et mon agonie
devait être plus longue et plus cruelle.
D'autres nègres, pendant ce tems,
aisaient une battue dans le bois, pour
chasser des animaux et les faire passer
devant l'autel de l'idole. Effectivement, une gazelle vint à traverser, et
tous les nègres tirant à-la-fois sur elle,
la percèrent de leurs flèches : ils me
barbouillèrent tout le corps de son
sang, l'écorchèrent après, recouvri-
rent leur dieu de sa peau , en recom-
mençant leur danse et leurs cris fe-
roces, dévorèrent le corps tout crud
de l'animal, et finirent par me relever
et m'attacher dans une des crévasses
qui tournaient autour de la voûte
principale sous laquelle était l'idole.
Ensuite ils partirent, en laissant à
la portée d'une de mes mains qu'ils

avaient tenue libre, de l'eau et quelques fruits et racines sauvages.

Tous ces avant-coureurs ne me présageaient pas une fin bien consolante, et je me désespérais d'avoir été sauvé de la mer. Au moins, disais-je, je serais quitte de tout. Puisque j'avais perdu connaissance, le plus fort en était fait. C'était bien comme si j'eusse été véritablement mort ; je ne sentais plus rien, et il ne m'en aurait pas coûté davantage de ne pas me réveiller. Ce n'est pas Dieu, c'est le diable qui m'a retiré de là pour me faire mourir plusieurs fois plus cruellement les unes que les autres.

Tandis que je m'abandonnais à ces réflexions amères que je faisais tout haut, je fus tout étonné d'entendre des soupirs qui partaient d'une niche voisine de la mienne..... et plus enore, au bout de quelques minutes, d'entendre ces paroles en bon français :

« Votre sort est bien triste, mais le
» mien l'est encore plus, et malheu-
» reusement nous ne pouvons nous
» être d'aucun secours l'un à l'autre. »

Malgré cette assurance qu'il me donnait de notre perte inévitable, j'é-rouvai, dans cette occasion, que 'est toujours une espèce de consola-ion que d'avoir un compagnon d'in-ortune. Frappé de ce que celui-ci me isait, et surpris de l'entendre parler i bon français, quoiqu'avec un ac-ent étranger, je lui demandai qui il 'tait, et comment le sort l'avait ré-luit à cet état déplorable que je venais artager. Il me fit son histoire en peu e mots, et la voilà comme il me la aconta :

5 *

Histoire d'un Inconnu.

« Je suis le fils du roi de l'île voi-
» sine, beaucoup plus considérable
» et plus civilisée que celle-ci, qui
» n'est habitée que par des sauvages.
» Mon père, Français d'origine, mais
» d'une extraction pauvre, avait beau-
» coup voyagé dans sa jeunesse ; et
» ayant pris de bonne heure le parti
» des armes, les différentes stations
» qu'il fit en différens pays, et les dis-
» positions naturelles qu'il avait, lui
» en firent aisément apprendre toutes
» les langues. Dans une relâche qu'il
» fit en notre île, avec un vais-
» seau espagnol, où il était en qualité
« d'interprète, comme il était ai-
» mable de caractère, et de bonn
» mine de sa personne, il plut à la

fille du roi qui existait alors ; elle
lui proposa de rester dans l'île,
» ayant l'agrément de son père pour
l'épouser. Il accepta ce parti, laissa
retourner son vaisseau en Europe , et s'unit à celle qu'il ai-
mait.

» Au bout d'une année le roi étant
mort, sa fille, qui suivant l'usage,
» lui succédait, fit son époux souve-
rain du pays. Il s'était déjà fait ai-
mer de tous les insulaires , par la
bonté de son caractère , et chacun
fut enchanté de se voir gouverné
par lui, qui au moyen de ses connaissances et de ses talens , pouvait
faire parvenir l'île à un haut point
de prospérité. En effet, il entretint
des correspondances avec les diverses nations européennes , et se
rendit fort cher à ses sujets , aux-

» quels il procurait de nombreux
» avantages. Je fus le fruit de cette
» union.

» Mon père s'attacha d'abord à me
» donner une connaissance de plu-
» sieurs talens étrangers à notre île
» et qu'il possédait à un degré émi-
» nent ; il m'apprit aussi différentes
» langues ; en un mot, il ne négli-
» geait rien pour me donner une édu-
» cation qui devait faire de moi un
» homme supérieur aux habitans de
» notre pays. Mais par malheur il
» mourut quand je n'avais encore
» que douze ans.

» Peu de tems après, un vaisseau
» français aborda notre île, et y sé-
» journa un demi-mois. Le capitaine,
» étonné de trouver dans un insu-
» laire qu'il avait supposé un sau-
» vage, des principes d'instruction

» déjà fort avancés, apprit l'histoire
» de ma mère et de mon père, et
» dès-lors conçut le dessein de me
» perfectionner. Quand il fut sur son
» départ, il engagea ma mère, dont
» il avait su mériter l'estime et la
» considération, à me laisser aller
» avec lui en France, où il promet-
» tait de me servir de père, et s'obli-
» geait à me ramener lui-même au
» bout de quelques années dans mon
» île, avec des talens et des connais-
» sances capables d'en augmenter le
» bonheur.

» Ma mère y consentit avec peine.
» Cette séparation coûtait à sa ten-
» dresse ; mais le désir et l'espérance
» de faire mon bien et celui de son
» pays, la détermina enfin, et je
» partis.

» Pour abréger, je ne vous ferai

» pas le détail de mon séjour en
» France, je vous dirai seulement
» que j'y profitai beaucoup dans tous
» les genres; que parvenu à l'age des
» passions, j'y devins éperduement
» amoureux d'une fille charmante,
» dont les parens n'étaient pas riches.
» Mais que m'importaient les ri-
» chesses et la fortune! Elle avait
» toutes les vertus et toutes les gra-
» ces; et à mes yeux elle était préfé-
» rable à la plus opulente héritière de
» l'Europe. M'aimant avec la même
» sincérité que je l'adorais, elle se
» détermina, de l'aveu de ses parens,
» à s'unir à moi et à me suivre dans
» mon île. Le digne capitaine, qui
» selon sa promesse, me servait de
» père, fit célébrer notre mariage
» avec distinction; et huit ans après
» mon départ de mon pays, je

» me rembarquai avec cet excellent
» homme et ma chère épouse, pour
» revoler dans les bras de ma tendre
» mère.

» Notre vaisseau était chargé de
» différentes denrées et effets pour
» l'utilité de nos insulaires, et de plu-
» sieurs autres marchandises et ob-
» jets de commerce, pour les échan-
» ger dans les établissemens euro-
» péens qui nous avoisinent et pour
» lesquels notre île est un lieu de
» passage et de relâche avanta-
» geuse. Mais les hommes sont su-
» jets à de rudes épreuves sur ce
» globe fragile, et la vertu n'y
» trouve pas toujours sa récom-
» pense.

» Après une traversée très-heu-
» reuse, nous nous estimions tout au
plus à deux journées de marche de

» nôtre île, quand une tempête af-
» freuse vint détruire toutes nos es-
» pérances. Notre vaisseau, jetté pen-
» dant la nuit sur les rochers qui
» bordent cette côte, y fut englouti.
» Le brave capitaine y périt avec tout
» son équipage. Pour moi, dans le
» fort du danger, me fiant sur mes
» forces et mon habileté à la nage, et
» espérant pouvoir gagner la terre
» malgré la violence des vagues que
» j'avais toujours bravées dans mon
» enfance, ayant attaché ma femme
» sur le bout d'une vergue qui avait
» été rompue par l'ouragan, je me
» précipitai à la mer avec elle, comp-
» tant bien pouvoir la sauver. Mais
» le sort en avait ordonné autrement.
» Je parvins bien à gagner la terre et
» à y conduire la vergue sur laquelle
» était mon épouse. Mais la frayeur

» l'avait saisie, une révolution ter-
» rible s'était opérée en elle; et quand
» je fus à sec, et que je l'eus retirée
» après moi sur le rivage, je ne trou-
» vai plus qu'un corps inanimé. Je
» voulus en vain la réchauffer de
» mon haleine, la couvrir de mon
corps; tous mes soins furent inu-
» tiles, elle avait exhalé son dernier
souffle.

» Désespéré, je voulus mourir
» avec elle; et me colant sur son
cadavre chéri, j'y restai dans un
état d'anéantissement dont je ne
fus tiré, sans doute, que long-
tems après en me trouvant seul
au milieu des sauvages qui vous
ont pris comme moi, et qui,
après m'avoir fait subir les mêmes cérémonies que vous venez
d'éprouver, m'ont amené dans

» ce lieu de leurs sacrifices , où
» nous sommes attachés tous les
» deux. »

CHAPITRE XIV.

Nous sommes délivrés des sauvages.

Je témoignai à ce fils de roi le véritable intérêt que son récit m'avait inspiré pour lui ; mais celui que je devais prendre à moi-même m'affectant aussi beaucoup, je lui demandai ce qu'il pensait que nous deviendrions.

« Hélas ! me répondit-il, quoique
» ces nègres me prennent pour un
» Français, parce que j'en avais l'habillement, ainsi que mon épouse,
» quand ils nous ont trouvés sur leur
» île, et parce que fils d'un père Européen, la teinte de ma couleur est

» naturellement moins foncée que la
» leur; comme je suis né dans le pays
» le plus voisin de ces sauvages, je sais
» leur langue et je connais leurs cou-
» tumes. A de certains jours de l'an-
» née, ils sacrifient à leurs idoles tous
» les prisonniers qu'ils peuvent faire
» à la guerre, et tous les infortunés
» que le naufrage peut jetter sur leurs
» côtes, et les mangent après. Depuis
» quinze jours que je suis entre leurs
» mains, ils m'ont conservé pour ce-
» la, et vous êtes arrivé à propos pour
» servir d'une augmentation à leur
» repas. C'est dans trois jours une des
» quatre époques de l'année; comme
» ils ne sont pas contens de n'avoir
» que deux personnes à dévorer, ce
» qui ne suffirait pas à leur appé-
» tit, ils viennent de partir avec leurs
» pirogues, pour aller à la découverte
» le long des côtes, et chercher à y

» rencontrer quelque supplément;
» mais à leur retour, ils ne manque-
» ront pas de dîner ou de souper
» avec nous. »

· Cette perspective du sort qui m'attendait, me rendit furieux. « Com-
» ment, ventrebleu! me dis-je, ils me
» dévoreront? Mais, mangé pour
» mangé, s'il fallait l'être, je n'avais
» donc qu'à rester dans ma cha-
» loupe. Il était moins déshonorant
» pour moi que des estomacs de chré-
» tiens me servissent de cercueil que
» des panses de sauvages. »

Mon camarade, qui conservait
ieux sa tête que moi, me fit observer que des plaintes ne nous servi-
raient à rien, et qu'il vallait mieux
chercher les moyens d'agir.... Il re-
marqua que le nègre qui m'avait at-
aché dans ma niche en face de la
ienne, avait oublié et laissé à portée

de la main que j'avais libre, le fer
d'une zagaye qui lui avait servi à
écorcher la gazelle dont le sang m'a-
vait aspergé tout le corps. Il m'en
avertit en m'engageant à l'employer
utilement pour notre délivrance.

Je m'emparai aussitôt de ce fer protecteur, j'en coupai les cordes qui me
retenaient, et j'affranchis de même
le jeune insulaire des siennes. Mais
avant de nous livrer à la joie de nous
voir une liberté dont nous ne pou-
vions pas encore faire un grand usage,
faute d'arme pour nous défendre, il
me fit observer qu'il était prudent de
rester dans nos niches jusqu'à l'heure
où le nègre, qui lui renouvellait ses
provisions pour la journée, nous en
apporterait d'autres; qu'alors fondant
sur lui tous deux à-la-fois, nous lui
prendrions les flèches, la zagaye et la
massue ou casse-tête dont ils sont

oujours armés; et qu'après, avec du
ourage, nous en pourrions braver
uatre autres et plus, ou du moins,
'il fallait succomber au nombre,
endre cher notre vie.

Ce projet était sagement conçu, et
ous l'exécutâmes heureusement. Le
ègre vint faire sa ronde, et nous le
ésarmâmes.... Mon camarade était
'avis de nous défaire de lui à l'ins-
nt, mais par humanité, je le priai
e lui laisser la vie, et cette humanité
t encore la cause de ma perte. Nous
us contentâmes de l'attacher dans
e de nos places; et pensant que tous
s habitans de l'île étaient allés en
urse, à la réserve des plus vieux,
s femmes et des enfans, nous nous
imes à la parcourir pour chercher
ils n'auraient pas laissé sur la côte
i canot qui put nous servir à nous
éloigner pendant leur absence.

Mais le malheureux à qui nous
avions fait grace, poussait des cris ai-
gus qui avertirent quelques nègres
guerriers que l'on avait laissés pour
notre garde. Bien armés, ils se mirent
aussitôt à notre recherche et nous
rencontrèrent bientôt. Le fils du roi
était brave, il se défendit comme un
lion, je le secondai de mon mieux ;
mais le nombre l'emporta. Je reçus
pour ma part un coup de casse-tête
qui m'abasourdit, et le courageux
jeune homme enveloppé dans un filet
qu'on lui jetta sur le corps pour le
prendre vif, fut garotté et ramené avec
moi dans les niches dont nous nous
étions si inutilement sauvés peu auparavant, et où l'on nous rattacha de
plus belle.

Les autres nègres revinrent le lendemain de leur expédition avec deux
nouveaux prisonniers, qui étaient

deux matelots sauvés du naufrage du vaisseau français qui avait péri à la côte en ramenant le fils du roi de l'autre île, et qui, s'étant tenus cachés jusqu'à ce moment aux regards de nos antropophages, avaient vécu misérablement des coquillages et poissons que la mer, en se retirant aux heures des marées, laissait à sec sur ses bords.

C'était justement le jour marqué pour la fête de l'idole; on nous amena bien attachés tous les quatre devant la statue informe de ce dieu baroque, et après de longues danses, leurs cris, leurs grimaces et leurs convulsions ordinaires, les sauvages avaient déjà leurs casse-têtes levés sur chacun de nous, lorsque des coups de canon, dirigés sur leur île, leur donnèrent une alerte qui, en les effrayant, les fit suspendre notre sanglant sacrifice, et se sauver épouvantés dans l'intérieur des terres.

Une chaloupe armée aborda aussitôt. C'était un vaisseau portuguais qui, dans un état de détresse, venait demander du secours et des ravitaillemens de vivres; alors le fils du roi et de la reine de l'île voisine, se fit connaître à l'officier qui était venu avec la chaloupe. Il lui dit que cette île, habitée par des sauvages, ne pouvait lui offrir aucunes ressources; mais qu'à peu de distance, celle où sa mère commandait pouvait lui fournir tout ce dont ils auraient besoin. L'officier, enchanté de cette annonce, le fit entrer dans sa chaloupe, ainsi que moi et les deux matelots, et nous conduisit à son navire.

Par ce moyen inespéré, nous évi-

tàmes d'être mangés, et nous empor-
tàmes très-gaîment le souper des sauvages.

CHAPITRE XV.

Je m'embarque sur un vaisseau portugais.

Le second jour, nous mouillâmes devant l'île que le jeune fils de la reine nous avait indiquée, et qui, effectivement, était considérable et par sa population et par sa culture. Sa mère vivait et régnait encore, et même n'était que dans la force de son âge. L'habitude qu'elle avait eue avec des Européens, lui avait donné un air vraiment distingué, des connaissances estimables et des sentimens dignes de lui attacher l'affection de son peuple et de mériter la considération des étrangers.

Son fils fut reçu d'elle et de tous

les insulaires avec des transports de joie; et notre capitaine, qui le ramenait, n'eut qu'à se louer de tous les procédés obligeans par lesquels cette bonne reine s'empressa de lui témoigner sa reconnaissance. En peu de jours il eut fourni son vaisseau abondamment de tout ce dont il pouvait avoir besoin, et se disposa à remettre à la voile, en promettant à la reine de repasser par son île à son retour. Les deux matelots qu'il avait délivrés des sauvages de l'autre île, restèrent à bord de son navire, pouvant y être très-utiles pour la manœuvre. Quant à moi, qui n'y connaissais encore rien, malgré l'espèce d'apprentissage que j'avais essayé d'en faire dans ma première traversée pour me rendre en Amérique, qui, en outre, n'avais pas le moyen de lui payer mon passage, je me trouvai fort embarrassé.

Le jeune prince, qui avait dû être mangé avec moi, m'avait pris en amitié, par la conformité du péril que nous avions couru ensemble, et à cause de l'assistance que je lui avais donnée pour tâcher de nous en sauver. Il me proposa très-affectueusement de rester dans son île, où il me rendrait la vie très-agréable; mais peut-on renoncer à l'espoir de revoir sa patrie, quoique l'on y ait souffert, et qu'aucun lien bien cher ne nous y attache?... Je le sentis en ce moment, je ne pus m'y déterminer; et tout en le refusant, je le remerciai vivement de ces preuves de son bon cœur.

Alors il voulut m'en donner une autre: il me dit que, puisque je voulais m'exposer encore aux dangers de la mer, pour retourner dans mon pays, il voulait me laisser quelques souvenirs de lui et des gages de l'amitié qu'il me conserverait toujours. Il me remplit une grande cassette des curiosités de son pays, et me donna en sus beaucoup d'or en différentes monnaies des nations européennes avec lesquelles le roi, son père, avait traité, et qu'il avait toujours conservé dans l'intention de faire un voyage en France pour y revoir sa famille.

Avec ces fonds, je me retrouvais encore très à mon aise et en état de traiter avec le capitaine portugais, pour mon passage et ma nourriture à la table. Nous nous arrangeâmes donc ensemble; je retournai à son navire, où mon ami, le jeune prince, me conduisit lui-même. Il m'embrassa en me quittant, et me souhaita de n'avoir pas à regretter d'être sorti d'une île où je laissais un véritable ami..... Pendant le peu de jours que nous étions restés à ravitailler le vaisseau,

je lui avais fait le récit de mes aventures malheureuses , et ce sensible
jeune homme semblait prévoir que
je n'étais pas à la fin de mes infortunes.

Il insistait pour que j'essayasse au
moins quelque tems des douceurs de
la vie que son amitié voulait me faire
goûter , pouvant trouver d'autres occasions pour le quitter , si je ne me
plaisais pas avec lui.... mais mon sort
devait s'accomplir : nous nous sépa-
râmes, on leva l'ancre, et je partis.

CHAPITRE XVI.

Trahison du Capitaine portugais.

———

CE vaisseau portugais sur lequel je me trouvais embarqué, devait toucher au Brésil pour se défaire de sa cargaison ; je n'avais aucune affaire dans ces parages, qui m'éloignaient encore plus de l'Europe ; mais n'ayant pas le choix des moyens, et supposant raisonnablement que je trouverais là des vaisseaux de retour qui me ramèneraient, me voyant aussi assez en fonds pour attendre les occasions, graces à la générosité de mon ami, le prince africain, j'avais entrepris ce voyage assez gaîment, sans prévoir les tristes suites qu'il devait avoir pour moi.

6 *

Le capitaine, fourbe consommé, et qui méditait les plus sinistres projets, pour s'emparer de la fortune que je tenais de l'amitié du généreux insulaire, et dont malheureusement il avait connaissance, me combla, pendant la traversée, de politesse et de prévenances, et me promit sa recommandation et ses services à notre arrivée, pour me faire trouver les moyens les plus prompts et les plus commodes pour repasser en Europe, si je ne voulais pas attendre qu'il m'y reconduisît lui-même; enfin, il s'empara si bien de ma confiance, que j'eus la simplicité d'en être parfaitement la dupe, de lui promettre que je ne le quitterais pas, et de prendre mon logement, pendant sa relâche, dans la même maison que lui, où je fis descendre une partie de mes effets qui m'étaient les plus nécessaires, en aissant le reste et le plus précieux à bord de son navire.

Il eut même l'adresse de m'engager dans différentes spéculations de comerce qui devaient, disait-il, m'être rès-avantageuses, que nous étions censés faire de moitié, et pour lesuelles je lui remettais ma part des onds. Un matin, sous prétexte de e mener voir une manufacture d'éoffes du pays, très-rares, et sur lesnelles nous pourrions faire un bénéice considérable, il me décida à aller vec lui dans la campagne. Sans me outer de la trahison qu'il machinait ontre moi, je me mis en route vec lui; nous déjeunâmes ampleent en chemin, et cette halte agréale, en me servant de distraction, 'empêcha de faire attention à la ngueur du trajet qu'il me faisait ire....

Après ce déjeûner, nous continuâmes notre marche, nous entretenant du calcul de nos bénéfices, que je croyais, ou du moins qu'il me représentait comme très-assurés, lorsque traversant un petit bois, nous nous vîmes assaillis d'une troupe de gens avec lesquels le fourbe s'entendait, et qu'il avait prévenus lui-même pour dresser l'embuscade où il avait su m'amener. Il m'était impossible de résister ; on me saisit, on m'entraîna plus avant ; et à quelque distance de là un gouffre s'ouvrit devant moi ; on me lia avec des cordes, on m'empaqueta dans un tonneau, et l'on me fit descendre à cent pieds, que sais-je, à deux cents pieds sous terre.

C'était une mine d'or que l'on exploitait pour le gouvernement, et l'on condamnait à ces travaux les mal-

faiteurs du pays, qui, ayant mérité la
mort pour leurs crimes, trouvaient
encore une espèce de grace à n'être
assujétis qu'à une prison perpétuel'e
et soutérraine, qui du moins leur conservait la vie..... Le scélérat capitaine
s'était d'avance entendu avec les chefs
de cette exploitation, en m'annon-
çant à eux comme un criminel dont
il voulait ménager la réputation, et
qui devait s'estimer trop heureux de
cet adoucissement des lois en sa faveur.

Me voilà donc, après avoir souffert
tous les maux imaginables sur la mer
et sur la terre, englouti tout vivant
dans ses entrailles, sans nul espoir
d'en sortir ni de revoir jamais la lu-
mière du soleil ! Le sort me réservait
encore à d'autres souffrances, sans
quoi le désespoir de me voir trahi si

cruellement, aurait tranché dans ce moment le fil d'une vie qui me devenait si odieuse et si insupportable.

———✷———

CHAPITRE XVII.

Reconnaissance dans la Mine.
Nouveau Malheur.

PENDANT les premiers mois que je passai dans ce gouffre profond, contraint à des travaux qui surpassaient mes forces, j'y souffris tout ce qu'il est possible d'imaginer; j'y fus même très-malade, et l'on fut obligé de me donner un peu de relâche : j'en profitai pour chercher à gagner la bienveillance du chef qui surveillait les travailleurs.

J'avais eu des occasions de m'appercevoir qu'il n'était pas très-expert dans l'écriture, sur-tout dans les comptes où il s'embrouillait assez souvent. Sans lui laisser soupçonner que

j'avais fait cette remarque, mais seulement pour lui prouver que je n'é-
tais pas paresseux et que je ne voulais
pas abuser du tems qu'il avait la bonté
de m'accorder pour ma convalescence,
je lui proposai de m'employer à quelqu'ouvrage peu fatigant, en attendant que mes forces fussent revenues
pour reprendre mes premiers travaux; par exemple, s'il avait quelque
chose à faire transcrire et à mettre au
net, que j'avais une bonne écriture,
et que j'entendais fort bien la partie
des comptes.

Cette offre le flatta ; il me prit au
mot, m'installa dans son cabinet, et
me mit sur-le-champ à l'épreuve, en
me donnant à copier quelques articles
des mémoires détaillés qu'il devait
fournir tous les mois aux directeurs
de l'exploitation des mines. Comme
j'avais une grande habileté dans la

tenue des livres et dans tous lés détails relatifs aux opérations les plus
multipliées, depuis que j'avais été à la
tête du fort commerce de mon beau-
père, il fut si content de la netteté et
de l'exactitude des premiers comptes
que je lui réglai, qu'il me chargea de
suite de la révision de ceux de tout
le mois.

Je repris toutes les feuilles volantes
qu'il avait barbouillées à mesure, je
les mis en ordre ; et après les avoir
reportées date par date sur son re-
gistre, j'en fis un tableau particulier,
où l'on voyait d'un coup-d'œil tous
les différens articles, la nature et la
quantité des objets, la dépense, la
recette et le produit net. Il en fut enchanté ; et de ce moment, il me dis-
pensa de tout travail pénible, pour
me gratifier de l'emploi de son secré-
taire ou commis, et me donna sous

lui l'inspection sur tous les travailleurs.

Voilà déjà ma condition améliorée;
mais si mon corps fatiguait moins,
mon esprit était toujours autant tour-
menté par l'idée désespérante de ne
pouvoir jamais sortir de ce tombeau
anticipé qui me renfermait avant ma
mort.

Un jour, après la prise de possession de ma nouvelle dignité de sous-
inspecteur, je faisais ma revue parmi
les ouvriers et quelques autres prisonniers qui, coupables de crimes
plus graves, étaient condamnés à être
renfermés dans des cellules étroites,
sans avoir la liberté de circuler dans
les souterreins. Cependant, à la volonté de l'inspecteur, il pouvait les
faire sortir de ces cachots pour les employer aux travaux, quand il croyait
en avoir besoin. Qu'on juge de la sur-

prise que je dus éprouver, lorsqu'en ouvrant la porte d'un de ces sépulchres, où à l'aide de ma lanterne, j'avais peine à distinguer une figure humaine dans l'individu qui y était attaché, je le vis faire un effort pour se jetter à mes pieds, malgré la corde qui le retenait, et que je l'entendis implorer ma miséricorde, d'une voix qui ne m'était pas étrangère, quoique je ne pusse reconnaître aucun de ses traits.

« Hélas! me dit ce malheureux en sanglottant, n'est-ce point une illusion qui m'abuse? êtes-vous bien réellement M. *Guignolet Bonhomme?* » — C'est moi-même, lui répondis-je, encore plus étonné. Mais, qui êtes-vous, vous qui me connaissez?

« Ah! reprit-il, je suis bien couable envers vous, mais beaucoup moins que vous n'avez lieu de le croire;

je suis le misérable que vous avez vu
à Tunis, le chef des esclaves et le
surintendant du Harem de votre patron *Ibrahim Massouth*. »

Je frémis à ce mot, en me rappelant les atrocités qu'il avait exercées
contre moi...... mais il continua avec
véhémence. « Je vois que dans l'er-
reur où vous êtes, vous me supposez
toujours l'auteur de votre dernière
infortune, tandis que j'ai fait au con-
traire tout ce qui a été en mon pouvoir pour vous rendre la liberté sans
aucun danger pour vous; mais un
traître abominable qui nous a joués
tous les deux, est le seul qui a occasionné votre perte et la mienne.....
Rappelez-vous l'esclave portugais qui
devint furieux contre vous après la
bastonnade que lui fit donner le jardinier que vous aviez retiré du puits:
c'est lui qui, cherchant sans cesse à se

venger sur vous, à qui il croyait devoir le châtiment qu'il avait reçu,
vous ayant surpris, ramassant et li-
sant la lettre de l'odalisque française,
vous avait dénoncé à Ibrahim : c'est
lui qui m'accusa depuis d'avoir favo-
risé votre fuite; et le barbare Tunisien, qui, malgré qu'il avait reçu
votre rauçon, voulait toujours vous
faire périr, furieux contre moi, de
ce que je vous avais soustrait à sa
vengeance, me vendit à des Portugais
qui m'ont amené ici dans ce soupirail
des enfers, où je vais périr si vous n'a-
vez une généreuse pitié de moi..... Je
vous ai, à la vérité, beaucoup offensé
précédemment; mais je ne suis victime aujourd'hui que du zèle que j'ai
mis, dans votre dernière aventure, à
réparer envers vous le tort de mes
premières fautes.

Etourdi de toutes ces suppositions

contradictoires où je ne pouvais deviner de quel côté était la vérité, je restais
indécis sur le degré de confiance que
je devais y donner. Cependant, voyant
que Dieu punissait toujours le coupable, et pénétré de la bonté qu'il
avait eue de me sauver déjà moi-
même de tant de dangers.... et touché
d'un sentiment d'humanité qui parlait
toujours à mon cœur, malgré que j'en
eusse été souvent dupe, je demandai
à ce malheureux ce que je pouvais
faire pour lui.

Il me dit qu'il ne me demandait pas
la liberté ; mais que puisque j'avais de
l'autorité dans ces lieux souterreins,
il me conjurait de le faire sortir de
son cachot, et de lui permettre de par-
tager les travaux des autres prisonniers, afin de pouvoir au moins se distraire dans ses souffrances, par la société d'autres êtres humains, recevoir

une nourriture un peu plus abon-
dante, et jouir comme eux de quelques
heures de dissipation et de repos.

J'eus la faiblesse de croire à son
repentir et de m'employer encore pour
ce scélérat auprès de mon protecteur.
Je le fis délivrer de ses liens, et assi-
miler au même traitement que les
autres travailleurs. J'eus même la sot-
tise de lui apprendre ce qui m'avait
mérité la faveur et la protection de
l'inspecteur en chef, et ce monstre
conçut l'affreux projet de me faire périr pour me remplacer dans mes fonc-
tions auprès de lui. Il me suivait par-
tout dans les détours des souterreins,
sous le prétexte d'être plus empressé
et plus à portée d'exécuter mes ordres.
Je le voyais continuellement attaché
à mes pas ; je le surprenais quelquefois
faisant derrière moi des gestes équi-
voques qui commençaient à m'inspirer

de la défiance, et je ne savais plus trop que penser de sa conduite et de ses sentimens.

Enfin, un matin que j'étais allé tout seul, examiner une fonderie où l'on avait mis en fusion une quantité de minéral assez considérable pour en extraire beaucoup du métal pré⁵ cieux que l'on réduisait ensuite en lingots ; en approchant de la fosse où ces matières bouillonnaient, je m'apperçus que cet homme me suivait encore et mystérieusement, quoique je ne lui eusse donné aucun ordre.... L'instinct m'inspira de me mettre sur mes gardes ; et sans faire semblant de le voir, je m'arrêtai contre un des quatre pilliers qui entouraient la fosse, et empoignai une des cordes qui soutenaient la cuve de fer dans laquelle le minerai était en fusion. Le traître n'ayant pas remarqué la précaution que j'a-

vais prise, avança à pas de loup sur
moi, tandis que j'avais l'air de regarder dans la fosse bouillante, et me
poussa rudement pour m'y précipi-
ter; mais je me tenais bien, et par la
résistance inattendue que je lui oppo-
sai, il perdit l'équilibre, chancela et
tomba lui-même dans la cuve où il
voulait m'engloutir, et où il fut en un
instant consumé : terrible, mais digne
fin d'une vie aussi criminelle que la
sienne.

Pour moi, comme chaque événement devait m'apporter un nouveau
malheur, le corps de ce scélérat, en
tombant dans la cuve, en fit rejaillir
une partie de la matière enflammée,
des éclaboussures m'atteignirent au
visage et me le brûlèrent. Je guéris
après avoir cruellement souffert; mais
accoutumé que j'étais à renoncer à
mesure à tout ce qui pouvait intéres-

ser dans ce monde, je me vis obligé
de renoucer à un de mes deux yeux,
que je perdis par suite de cet accident.

CHAPITRE XVIII.

Je sors des Mines.

———

Lorsque je fus bien rétabli de ma brûlure, sauf mon œil que j'avais été forcé d'abandonner pour les frais de ma guérison, le moment étant venu où notre inspecteur devait rendre ses comptes à l'administration supérieure, ne se sentant pas capable d'expliquer nettement les différens articles du tableau que j'en avais tracé, il se détermina à m'envoyer à sa place le porter à la ville voisine, où les directeurs faisaient leur résidence, me croyant plus en état que lui d'en développer tous les détails. Il leur faisait porter en même-tems les lingots d'or du produit de ce qui avait été ex-

ploité dans la mine pendant le dernier trimestre; et des gardes que les
administrateurs envoyaient pour es-
corter ce trésor, étant arrivés, je re-
montai du fond de ces abimes souterreins. Je revis avec transport le soleil que je ne connaissais plus depuis
six mois, et je me mis en route avec
eux pour remplir cette mission agréable qui, quoique je fusse toujours sous
la surveillance de ces gardes qui devaient me ramener après et me redes-
cendre sous terre, me permettait de
croire, en me retrouvant dessus, que
j'étais encore au nombre des vivans.

Mais comme les époques de ces
transports étaient connues, des brigands spéculateurs en guettaient les
momens, et plusieurs s'étaient em-
busqués sur la route que nous devions suivre pour conduire notre or
à la ville. A l'issue du bois qui l'avoi-

sinait, notre escorte fut attaquée par une troupe supérieure et bien armée qui, faisant feu sur eux, en blessa et tua une partie, le reste prit la fuite et se sauva à travers le bois Plus abattu de la peur que du mal, car je ne savais encore si j'étais blessé ou non de la terrible décharge que les brigands avaient faite sur nous, je fus renversé dans un fossé où je restai sans remuer pendant que les voleurs déchargèrent le fourgon qui portait nos lingots, dont ils prirent chacun leur part et se sauvèrent après par différens chemins.

N'entendant plus rien autour de moi, et ne voyant plus ni voleurs, ni gardes du trésor, qui avait changé de maître, je me hasardai à sortir du fossé qui m'avait protégé ; je me relevai donc avec précaution : tapis encore contre la terre et prêtant l'o-

reille de tous côtés pour m'assurer si
le danger était passé pour moi, tant
d'une part que de l'autre. N'entendant
plus rien, je m'enhardis et je me ris-
quai à marcher devant moi à tout hasard, n'ayant rien à me reprocher, et
bien certain qu'il ne pouvait m'arriver pire que ce que j'avais déjà éprouvé et dont je cherchais alors à me sauver.

Comme je me trouvais déjà à la
fin du bois, je n'eus pas fait cent pas sur
un petit sentier qui aboutissait à une
grande route, que j'apperçus de loin
la ville. Mon courage se ranima, mes
forces épuisées se redoublèrent, et je
pus y arriver avant la nuit.

C'était un pays inconnu pour moi;
je ne savais ni le nom de la ville, ni
l'espèce de ses habitans. J'avais été
remis par l'inspecteur des mines, entre
les mains de la garde qui devait me

ramener, et il ne m'avait donné aucune instruction, sinon de recevoir les ordres des administrateurs auxquels il m'adressait, et de les lui rapporter; mais l'attaque des brigands avait dérangé ces dispositions.

Ne pensant plus alors qu'à m'assurer et à conserver ma liberté, que le hasard venait de me faire recouvrer, je n'avais garde de me réclamer des administrateurs, directeurs, ou de qui que ce fût d'employés ou d'intéressés aux mines; mais comme depuis que j'avais obtenu la protection de l'inspecteur, il m'avait toujours laissé une petite part dans les gros profits que je lui faisais faire, je me trouvais quelque chose en réserve, je cherchai une auberge pour souper et coucher, en attendant le lendemain, où je réfléchirais à ce que je pourrais faire de mieux.

J'en trouvai une où je passai la nuit;
et dès le grand matin j'allai sur le
port, car c'était une ville très-com-
merçante, pour promener mes rêve-
ries. Je pensais que faute de moyens
pour payer mon passage sur un vaisseau de retour en Europe, je pourrais
au moins m'y faire recevoir comme
adjudant de l'écrivain, ou même encore pour matelot, malgré la rude
épreuve que j'avais déjà eu l'occasion
de faire de ce dur métier; mais à quoi
ne se résout-on pas pour reconquérir
liberté.

Un officier, à qui je m'adressai,
me renvoya au capitaine du navire,
et me donna son adresse pour aller
me présenter à lui. J'y fus sur-le-
champ, et je trouvai le brave capitaine hollandais qui m'avait retiré de
Tunis; qui, après notre naufrage,
s'était sauvé avec moi dans la cha-

loupe, où nous avions tiré au sort pour être mangés; et qui, plus heureux que moi, après que je me fus jetté à la mer, avait été rencontré le lendemain par un vaisseau qui le recueillit ainsi que tous ses compagnons d'infortune.

Après les détails que cette double reconnaissance nous fit faire de nos différentes aventures, il m'apprit que mon ami don Lopez était dans ce pays, chargé d'affaires relatives au commerce de sa cour avec celle de Portugal. Cette nouvelle était bien la plus favorable que je pusse recevoir. Aussi, dès ce moment, j'oubliai tous mes chagrins pour me livrer à l'espérance d'un plus heureux avenir.

Ce véritable ami fut de même enchanté de me revoir, et s'attendrit beaucoup au récit de ce que j'avais souffert depuis notre séparation. Je

n'oubliai pas de lui parler de la fille
du gouverneur de son ile, que j'avais
laissée à Tunis, et de l'engager à écrire
à son père. Il me dit qu'ayant déjà été
informé de son sort par le capitaine
hollandais à qui j'avais dans le tems
communiqué la lettre de cette demoiselle, il l'avait aussitôt fait savoir au
gouverneur, et que vraisemblable-
ment, elle devait être délivrée alors.

Pour mon compte, il me réitéra
ce que le capitaine m'avait déjà dit de
sa part, que mes cinquante mille
francs qu'il avait employés en marchandises et envoyés à notre correspondant de Marseille, en avait produit plus du double, et qu'ainsi j'a-
vais l'assurance de retrouver une assez bonne somme à mon retour en
Europe ; mais comme le vaisseau du
capitaine notre ami ne partait pas pour
cette destination, qu'il allait au con-

traire faire un long voyage dans les
Indes, il fut décidé qu'en attendant l'occasion d'un autre navire qui me conduirait plus directement, je demeure-
rais avec don Lopez. Ce retardement
ne pouvait qu'être utile à ma santé,
qui était bien altérée par toutes mes
souffrances précédentes, et sur-tout
par mon séjour dans les mines.

CHAPITRE XIX.

Accusation bien surprenante.

Don Lopez me fit faire connaissance avec les meilleurs habitans de la
colonie, particulièrement avec un
des plus riches qui était son ami intime. La société de cet homme, qui
avait beaucoup de mérite, et qui me
combla de prévenances, me devint si
agréable, que j'étais presqu'aussi souvent chez lui que chez don Lopez. Il
avait une grande et belle demoiselle
de dix-huit ans, vive et spirituelle,
qui me plaisait assez, d'autant plus
que je savais malheureusement trop
que je ne risquais plus rien du côté
de l'amour; mais sa gaîté servait à me
distraire de la tristesse de mes idées

ordinaires. Son père m'avait prié de lui apprendre le français, et je passais tous les jours quelques heures tête-à-tête avec elle pour lui donner des leçons.

Au bout de six mois de séjour dans ce pays, ennuyé d'attendre vainement qu'un vaisseau partit en droite ligne pour l'Europe, je m'étais décidé à m'embarquer sur le premier qui mettrait à la voile, n'importe pour quel endroit ; mais un incident que je n'aurais jamais pu prévoir me retarda encore, et me mit dans un étrange embarras.

Cette belle Portugaise, mon écolière pour le français, se trouvait enceinte et même fort avancée. Je ne m'en étais pas apperçu. Son père, un matin, à la suite d'une leçon que je venais de donner à la demoiselle ,

m'ayant fait passer dans son cabinet,
me dit d'un air assez riant : « que j'é-
tais bien dangereux pour les jeunes
demoiselles ; que j'aurais dû plutôt
m'adresser à lui pour déclarer mes
sentimens, au lieu d'abuser ainsi de la
confiance qu'il avait eue en mon honnêteté ; qu'au surplus, puisque la
chose était ainsi, il consentait à me
donner sa fille. »

A ce discours inattendu, je tombai
des nues. Je crus d'abord que c'était
une mauvaise plaisanterie qu'il voulait me faire ; cependant je réfléchis-
sais qu'il ne pouvait pas avoir connaissance de mon malheureux état,
puisque je m'étais toujours bien gardé
d'en faire confidence à personne, pas
même à mon ami intime don Lopèz,
et je restais interdit sans rien répondre. Cet homme interprétant ma con-

fusion suivant ses idées, me demanda
alors gravement si je voulais épouser
sa fille.

Sans entrer dans aucune explication,
je lui dis fort sérieusement aussi: « que
ses bontés m'honoraient beaucoup ,
mais que j'avais fait serment de ne jamais me marier. — Est - ce là votre
dernier mot, me dit il? Je l'assurai
respectueusement qu'il était invaria-
ble.—Cela suffit, ajouta-t-il , demain
vous aurez de mes nouvelles; » et il
me tourna le dos.

Ne pouvant rien comprendre à cette
aventure extraordinaire et à l'humeur
de cet homme que je pensais que mon
refus pouvait étonner mais ne devait
pas fâcher, je sortis de chez lui sans
trop m'inquiéter des suites , et comme
j'étais déjà décidé à quitter la colonie,
j'allai sur le port voir s'il n'y avait pas
de vaisseau prêt à partir. On m'en in-

diqua un qui devait mettre à la voile
sous peu de jours, et je commençai à
faire mes dispositions. Je retournai
chez don Lopez, à qui je fis part de
mon intention de m'embarquer sur
ce navire, sans lui parler de la propo-
sition et de la menace que m'avait
faites son ami le Portugais, et aux-
quelles je ne pensais plus. Il chercha
à me détourner de mon projet, en
m'assurant que l'on attendait un beau
et bon bâtiment espagnol qui devait
arriver incessamment, et qui repar-
tirait directement pour l'Europe. Je
m'allai coucher, fort indécis sur le
parti que je devais prendre.

Le lendemain, j'achevais de déjeûner avec don Lopez, lorsqu'un officier de justice entra chez lui, muni
d'un ordre du gouvernement et du
conseil suprême, pour me conduire
en prison. Cet ordre surprit autant

mon ami que moi-même, qui ne me sentais coupable d'aucune faute. Je pensai d'abord que c'était les directeurs des mines qui me faisaient réclamer pour me faire enterrer de nouveau dans leurs affreux souterreins, et cette idée était plus cruelle pour moi que la mort même. Je la communiquai à don Lopez qui me tranquilisa, en me disant que je n'avais rien à craindre ; qu'il instruirait le gouverneur de l'odieuse trahison qui m'y avait fait entrer déjà, et que j'obtiendrais même certainement des dédommagemens pour ce que j'y avais souffert. Rassuré par cette promesse, je suivis l'officier à la prison, dont je croyais bien ressortir au plutôt, et mon ami partit en même tems pour aller trouver le gouverneur.

Cependant je passai trois jours entiers, qui me parurent trois siècles, enfermé, sans voir personne que le geolier qui m'apportait l'ordinaire des prisonniers toutes les vingt - quatre heures. Je me désespérais de n'entendre aucune nouvelle de don Lopez, et loin de croire que cet ami généreux eût été capable de m'abandonner, je me figurais qu'il n'avait rien pu obtenir du gouverneur, et que j'allais être redescendu dans les mines.

Enfin, le matin du quatrième jour, je vis entrer dans ma prison un homme en noir, d'une figure grave et sévère, qui me dit être le greffier du tribunal criminel, et qu'il allait me lire l'arrêt que la cour avait rendu contre moi. Je n'eus pas la force de dire un mot, et je l'écoutai en tremblant, me croyant déjà dans les abîmes de la terre.

Mais il est impossible de se figurer ce qui se passa en moi, lorsque j'en-

tendis que cet arrêt du tribunal criminel portait : « qu'étant convaincu d'avoir séduit la senora Isabélle, fille du senor don Antonio Gomez, et avoir abusé de son innocence, au point de lui faire un enfant, ce qu'elle avait déclaré elle-même, j'étais condamné, pour réparation de ce crime, à être pendu et étranglé dans les vingt-quatre heures, à moins qu'en profitant de la bonté du père, qui voulait bien consentir à me la donner pour épouse, je ne signasse sur-le-champ mon contrat de mariage avec elle.... »
Et le greffier me présenta à lire moi-même les deux papiers, en me disant très-froidement de choisir et de signer l'un ou l'autre.

Je me trouvai fort embarrassé dans une situation aussi critique. J'aurais pu m'en tirer par un mot ou par un seul geste d'exhibition du malheureux si injustement accusé ; mais mon amour-propre aurait trop souffert de cet aveu humiliant, et je ne pouvais me résoudre à le faire.

D'un autre côté, épouser une fille déshonorée et que je reconnaissais alors doublement criminelle et méprisable, puisqu'à la faute d'avoir prostitué sa pudeur, elle joignait le crime odieux d'en accuser un innocent, me paraissait le comble de la bassesse, et m'exposer à tous les chagrins nouveaux dont une si méchante femme voudrait m'abreuver par la suite...... mais me laisser pendre, n'était pas non plus de mon goût. Je demandai au senor greffier, vingt-quatre heures pour faire mes réflexions sur un sujet aussi délicat ; mais au lieu de me répondre, il me fit regarder par le guichet de ma prison qui donnait sur une des cours du bâtiment. J'y vis

une troupe de sbires et de soldats en
armes. Puis, me faisant tourner d'un
autre côté, il me montra plusieurs
musiciens avec des instrumens, des
rubans et des bouquets.

Je lui demandai ce que cela signi-
fiait. « C'est, me répondit-il, toujours
» avec le même sang-froid, que ceux-
» là vous attendent pour, d'après vo-
» tre signature, vous conduire à la
» potence, ou bien ceux-ci pour vous
» mener à la noce..... signez donc
» vîte à droite ou à gauche, et par-
» tons. »

Quand on est pressé si vivement,
il faut bien se décider. Les cent mille
francs et plus que je savais avoir en
Europe, m'avaient rendu moins dis-
posé à mourir, et je pensais qu'une
fois hors de prison, quoique marié avec
cette digne épouse, je pourrais fort
aisément la laisser à son père, et par-

tir par le premier vaisseau. Je signai
donc le contrat de mariage.

On ne me donna pas le tems de me
reconnaître. Les musiciens entamè-
rent une aubade, au bruit de laquelle
on me mena droit à l'église, où le
père, la fille, des parens et des témoins
nous attendaient, ainsi que don Lopez
qu'on avait prévenu, pour qu'il assis-
tât de mon côté. La cérémonie se fit,
et je me trouvai époux et père, quoique n'ayant plus ce qu'il fallait pour
mériter ces deux titres-là.

———•✳•———

CHAPITRE XX.

Je suis remarié. Autre plus grand danger.

Don Lopez m'en félicita avec beaucoup d'amitié, comme d'un évènement fort avantageux pour moi, parce que le père de ma nouvelle épouse était très-riche, et qu'elle était son unique héritière. Il me fit seulement des reproches de ce que je lui avais laissé ignorer mon amoureuse intrigue avec la demoiselle, et m'avoua qu'en ayant été prévenu par le père, il ne m'était pas venu voir à la prison, pour laisser à ma délicatesse tout l'honneur de la réparation légitime que je venais de lui donner , sans le secours de ses conseils.

Comme la chose était faite , et qu'il n'était plus tems d'y revenir , je ne jugeai pas à propos de le désabuser en lui apprenant mon malheur, que je regardais toujours comme un opprobre. Je laissai donc aller les événemens ; seulement madame ma femme, en supposant qu'elle eut véritablement du goût pour moi, ne trouva pas dans le mariage où elle m'avait forcé, les plaisirs qu'elle avait peut-être attendus, car dès la première nuit, je fis lit à part, et lui donnai la permission de me faire remplacer dans le sien, par le mortel heureux qui m'y avait précédé.

Elle eut beau s'aviser de tous les moyens possibles pour m'enflammer à son égard, me supposer que l'amour ardent qu'elle avait ressenti pour moi

dès le premier moment où elle m'a-
vait vu, l'avait engagée à vouloir s'u-
nir à moi et à faire ma fortune, en
disant à son père qu'elle était enceinte
de mes œuvres, je savais déjà, par
une de ses servantes, que c'était un
domestique de son père à qui elle devait la façon de l'enfant qu'on allait
bientôt déclarer le mien. Fort embar-
rassée de se trouver en cet état, et ne
pouvant avouer à son noble père que
c'était un valet qui l'y avait mise, elle
avait trouvé tout simple de profiter
de la familiarité qui était établie en-
tr'elle et moi depuis à-peu-près la
même époque, pour me conférer les
honneurs de la paternité. Ainsi donc,
ses excuses ni ses carresses ne purent
tromper mon esprit, ni rendre à mon
corps ce que le diable lui avait fait
ôter.

Madame Bonhomme, désespérée

de voir qu'elle ne pouvait pas vaincre
ma froideur, après avoir tenté différentes épreuves, se résolut un jour à
en essayer une à laquelle elle suppo-
sait que je ne résisterais pas : outre
qu'elle était très-jolie de figure, elle
avait un corps superbe et une peau
satinée, des contours voluptueux,
enfin tout ce qu'il faut pour exciter
les sens de l'homme le plus froid ; et
elle n'ignorait pas tous ces avantages
sur lesquels elle crut devoir compter
beaucoup : elle trouva donc le moyen
de gagner mon domestique, qui, un
soir après que je fus couché, lui remit la clef de ma chambre. Elle atten-
dit au lendemain pour s'y introduire,
afin que la clarté du jour, en faisant
paraître à mes yeux tous ses charmes,
m'excitât davantage, et elle vint absolument nue pour se glisser entre
mes draps.

Je dormais très-profondément ; et comme il faisait chaud, les mouvemens que j'avais faits pendant la nuit, m'avaient entièrement découvert, de sorte que la nullité de mes moyens conjugaux frappa les yeux de ma libidineuse épouse, dont le premier regard s'était porté vivement sur la partie essentielle du ménage.

Cette triste découverte lui fit faire une réflexion terrible ; elle sentit que je pourrais, quand je le voudrais, donner cette preuve irrécusable de son inconduite et de la fausseté de son accusation contre moi ; elle se persuada que mon intention était de tout déclarer à son père, et même à la justice, et que je n'attendais pour cela que le moment où elle deviendrait mère. Sa tête se brouilla ; et comme elle avait les passions extraordinairement violentes, elle conçut le

dessein le plus emporté pour se sauver du déshonneur qu'elle croyait
prêt à l'atteindre : elle se retira préci-
pitamment dans sa chambre, où elle
prépara des drogues , et s'empoi-
sonna.

Ses femmes étant entrées dans son
appartement, et la trouvant morte et
toute livide par l'effet du poison,
firent retentir la maison de leurs
cris. Le père averti de ce malheureux
événement, ne put penser autre chose,
d'après les difficultés que j'avais faites
pour épouser sa fille, et le mauvais
ménage que nous avions fait ensemble
depuis notre mariage forcé, sinon que
pour me débarrasser d'elle et m'emparer de son héritage, je lui avais fait
avaler ce passe - port pour l'autre
monde. En conséquence, d'après le
certificat des médecins et chirurgiens
qui, ayant ouvert le corps de la dé-

funte, attestèrent l'empoisonnement;
je fus enlevé et réintégré dans la prison, d'où j'étais sorti pour l'épouser.
Mais cette fois, je n'en devais plus
sortir que pour marcher au supplice
affreux des assassins et empoison-
neurs.

L'affaire se menait grand train.
Toutes les dépositions des domes-
tiques, même du mien, qui avait remis à ma femme la clef de ma chambre, m'accusaient : toutes les appa-
rences et présomptions étaient de
même contre moi, et je ne pouvais
manquer d'être condamné. Don Lopez, qui avait peine à me croire coupable d'un pareil crime, ayant obtenu
la permission de me visiter dans ma
prison, me conjura de lui faire un
aveu sincère.

« Hélas! lui dis-je, mon cher ami,
» mon plus grand chagrin est de voir

» que vous puissiez me croire cou-
» pable d'un crime aussi affreux; mais
» je suis innocent, et je pourrais le
» prouver d'un mot. Mais ce mot
» me coûte trop, et je ne le pronon-
» cerai pas. Je vois que la vie n'est
» pour moi qu'un enchaînement con-
» tinuel de douleurs, et que rien ne
» peut vaincre ou adoucir l'influence
» de ma mauvaise étoile; ainsi j'y re-
» nonce volontiers, et je regarde la
» mort comme la délivrance d'un
» cruel esclavage que je ne peux plus
» supporter. Le déshonneur du sup-
» plice ne pésera pas même sur
» ma mémoire. Je me repose sur
» votre amité pour la défendre, et je
» vous en laisse le moyen sûr. Voilà
» la lettre que je vous écris, que le
» geolier vous remettra après ma
» mort : elle vous prouvera, ainsi
» qu'à toute la colonie, que je n'ai

» pas pu être coupable des crimes que
» l'on m'impute. ».

Le sensible don Lopez, ayant en
vain fait tous ses efforts auprès de
moi pour lui faire, tandis qu'il en
était tems encore, cet aveu que je remettais à lui laisser inutilement pour
moi après ma mort, me quitta brus-
quement en me disant qu'il saurait
bien me servir malgré moi. Je le laissai partir en m'affermissant de plus en
plus dans la détermination, que j'a-
vais prise de laisser terminer mon
existence.

La journée du lendemain se passa
sans que je visse venir les gardes que
j'attendais assez résolument pour me
conduire à la mort; car j'étais tout-à-
fait dégoûté d'une vie si douloureuse.
Le sur-lendemain je vis entrer dans
ma prison cinq hommes accompa-
gnés du guichetier. Je crus que c'é-

taient des sbires qui m'allaient mener
au supplice.... Toujours ferme dans
mon intention de mourir plutôt que
d'avouer ma honte, je me disposais à
les suivre, et je cherchais la lettre
que j'avais écrite pour don Lopez,
afin de la remettre au guichetier, mais
je ne la trouvai plus.

Pendant ce tems, quatre des personnages qui étaient entrés se jettèrent
sur moi à un signe que leur fit le cinquième, me saisirent chacun un
membre, et le dernier qui était un
chirurgien, fit sur moi, à l'aide de la
lanterne du geolier, l'inventaire exact
des pièces que j'avais ou que je n'a-
vais pas. Cet examen fini, les cinq
hommes se retirèrent sans me rien
dire, et le geolier les suivit en me disant seulement : « Vous êtes bien heu-
» reux. »

Confus de l'humiliation que je ve-

nais d'éprouver forcément, je passai
le reste du jour dans l'incertitude de
mon sort, et ne pouvant me rendre
compte à moi-même de ce que je devais alors désirer ou craindre; mais
le jour suivant, don Lopez vint avec
l'ordre de ma liberté me retirer de
prison. Il m'avoua qu'ayant profité de
l'obscurité, il s'était emparé, sans
que je m'en apperçusse, de la lettre
qui ne devait lui être remise qu'après
ma mort, qu'il l'avait lue; et qu'assuré par elle de mon innocence, il
l'avait portée aux juges qui avaient
de suite ordonné la visite de ma personne; et d'après l'attestation du chirurgien, signé l'ordre de ma liberté.

Malgré la mauvaise honte qui me
faisait encore rougir de la connaissance que l'on avait de mon état de
turpitude, je ne pus lui savoir mauvais gré du moyen qu'il avait employé

8 *

pour me sauver ; et en réfléchissant qu'il m'avait empêché d'être brûlé vif, je calculai qu'il valait encore mieux vivre castra connu, que mourir en ne laissant que des cendres. D'ailleurs, le vaisseau que l'on attendait était arrivé. Il allait repartir pour l'Europe, et m'éloigner du lieu où j'avais éprouvé cette tribulation, pour me transporter en un autre où elle serait inconnue, et où je devais trouver de quoi vivre à mon aise en me moquant des. hommes et en me passant des femmes.

Don Lopez ne démentant pas sa généreuse amitié, me recommanda au capitaine de ce navire, me fit un équipage convenable en linge, hardes et choses à mon usage, dont j'avais d'autant plus besoin que je n'avais rien voulu toucher de la dot de mon épouse, que je n'avais pas été capable de gagner, je partis en remerciant mon.

ami de toutes ses obligeantes at-
tentions pour moi, et bien content
de m'embarquer pour mon dernier
voyage.

CHÁPITRE XXI.

J'arrive à Marseille. Triste nouvelle.

Nous fîmes la traversée sans événemens extraordinaires, parce que je ne tiens compte que des plus marquans, et nous arrivâmes à Marseille. Enchanté de m'y voir, et comptant bien être à la fin de mes peines, je m'empressai d'aller à terre par le premier canot, et je m'informai de la demeure du négociant qui avait mes fonds entre les mains.

Un coup de foudre ne m'eût pas plus abimé que la réponse désespérante que l'on me fit. Cet homme que don Lopez et moi avions cru si sûr et si plein de probité, avait fait une ban-

queroute complette. Il avait disparu
depuis trois mois, et toutes les démarches que l'on avait pu faire n'avaient
procuré aucun renseignement sur son
compte, de sorte que je me trouvais
entièrement ruiné et sans ressource.
Je n'avais plus rien dans le monde
que quelques effets que don Lopez
m'avait donnés en m'embarquant.

Lorsque je fus revenu de l'anéantissement où cette terrifiante nouvelle
m'avait plongé, je retournai au vaisseau pour prendre ma malle, sans savoir ce que je pourrais devenir après.

Quand je la demandai, le capitaine
me dit que puisque nous allions nous
quitter, il fallait avant régler nos
comptes ; et tant pour mon passage
que pour ma nourriture, il me demanda vingt-cinq louis. Je lui appris
bien douloureusement la perte qu'on
venait de m'annoncer de mes cent

mille francs et plus, que le banque-
routier m'avait emportés. Je lui dis
que me trouvant dans l'impossibilité
de le satisfaire, il ne devait pas douter que don Lopez, qui m'avait re-
commandé à lui, ne le remboursât
pour moi sur un billet que j'allais lui
faire.

Mais cet homme dur et intéressé
ne voulut entendre à aucun accom-
modement; il me dit brutalement que
le moins qu'il pouvait faire était de
garder ma malle en à-compte, et il la
fit enlever. Ne pouvant consentir à me
laisser ainsi dépouiller du peu qui me
restait, je voulus la retenir. Alors ce
marin féroce et sans pitié pour mon
malheur, ordonna de m'arrêter moi-
même, ajoutant avec un rire insul-
tant, qu'au lieu de m'envoyer en prison à terre, il allait me faire mettre
aux fers sur son navire, au pain et à

l'eau, jusqu'à ce que je lui eusse signé
un écrit portant permission d'aller
vendre mes effets en mon nom, et que
s'ils produisaient plus que la somme
qu'il réclamait, on me rendrait le
surplus.

Force me fut d'en passer par ce cruel
arrangement, pour conserver au moins
ma liberté, et je signai cette permission qui m'enlevait jusqu'à ma dernière chemise, comme je me serais
laissé détrousser dans un bois par des
brigands qui m'auraient tenu le pis-
tolet sur la gorge. On emporta ma
malle à terre ; on vendit tout ce qu'elle
contenait, et l'on me remit dix - huit
francs qui restaient après l'acquit du
capitaine et les frais de la vente. Ensuite le barbare me permit de sortir
de son vaisseau.

Me voilà donc dans une grande ville
où j'avais dû trouver une aisance as-

surée et agréable pour le reste de ma
vie, avec dix - huit francs pour toute
fortune, et ce que j'avais sur le corps
pour toute garde-robe. Avant de me
livrer au dernier désespoir, je pensai
que la nuit portait conseil, et comme
il était déjà tard, je cherchai une auberge pour y rêver pendant la nuit à
ce que je pourrais faire le lendemain.

Je me levai de grand matin, sans
avoir pu fermer les yeux, tant le chagrin agitait mon esprit et mes sens,
et j'allai sur le port en pensant à mon
généreux ami don Lopèz, et me creu-
sant la tête pour imaginer la possibilité de le rejoindre. S'il y avait un navire en chargement pour la colonie
portugaise où il était alors, comment
pourrai - je m'y procurer le passage,
n'ayant rien à ma disposition ?.... Lui
écrire et attendre sa réponse à Marseille, outre que c'était un terme bien

plus long, je n'avais pas davantage de quoi y passer mon séjour.

Pendant que ces accablantes réflexions entretenaient et augmentaient ma douleur, j'en fus distrait par un son bruyant de tambours et de fifres qui, s'arrêtant à la porte d'un bureau de loterie, y célébraient par des fanfares le bonheur d'un citoyen, dont Saint-Guignolet n'était sûrement pas le patron, car il avait gagné un terne sec de trente-trois mille francs pour six francs qu'il avait risqués à sa mise. Ce coup heureux de fortune m'échauffa l'imagination, et je me dis qu'un pareil me dédommagerait de toutes mes disgraces. Il me restait quinze francs de mes dix-huit, et j'entrai au bureau, où je fis une mise de douze fr., afin d'en gagner soixante-six mille, ne me réservant qu'un petit écu pour vivre pendant trois jours

qu'il fallait encore attendre jusqu'au
tirage prochain de la loterie. Peut-
être est-ce un pressentiment favora-
rable, pensai-je, qui m'a guidé par
ici pour réparer mes pertes, et je passai, avec la plus grande économie,
ces trois jours, dans l'espérance flat-
teuse d'un bonheur qui ne devait pas
m'arriver. La loterie fut tirée, et mes
douze francs furent perdus.

Alors, n'ayant plus même de quoi
payer mon coucher du quatrième jour
que j'avais passé sans manger, je me
déterminai à l'allai chercher gratis
dans la mer, en m'y précipitant. Je
courus donc en désespéré sur les rochers qui bordent la côte, et ma résolution semblait bien fixée. Cependant
une pièce de douze sous que je ramassai dans mon chemin, put encore
la suspendre pour l'instant, et me
préparer de nouvelles adversités lors-

que j'étais le plus décidé à en abréger le cours.

Je pensai qu'avec ces douze sous, j'avais de quoi payer un mauvais gîte pour la nuit, et payer un verre de liqueur qui, à défaut de la nourriture que je n'avais pu me procurer, me soutiendrait jusqu'au lendemain ; et j'entrai dans un café où je demandai un petit verre.

CHAPITRE XXII.

Retour d'espérance. Nouveau Déchet.

En buvant mon verre d'eau-de-vie, je trouvai une vieille feuille de gazette à moitié déchirée, qui traînait sur une des tables. Je la pris et je la lus machinalement; mais quelle fut ma surprise en voyant que cette feuille annonçait que les héritiers de mon oncle mort à Saint - Domingue, et qui s'étaient venus établir à Paris, y étaient décédés, et que leur succession était dévolue de droit au seul parent connu de la famille, qui était *Guignolet-Bonhomme*, et qu'au cas qu'il existât encore, on l'invitait à se représenter pour se faire mettre en possession de la fortune considérable que les défunts avaient laissée.

L'excès de la joie pensa me faire devenir fou. Je payai bien vîte mon eau-de-vie ; avec ce qui me restait de ma pièce, j'allai me jetter sur un méchant lit dans une de ces auberges qu'on appelle borgnes, où la pauvreté trouve à bon marché son misérable refuge ; et dès le point du jour, bravant la fatigue et la honte, je me mis en route à pied pour Paris, déterminé à mandier mon pain sur le chemin, et à coucher à la belle étoile, ou sur de la paille dans les écuries ou granges où l'on voudrait bien me recevoir, et emportant pour confortatifs, mon baptistère que j'avais toujours conservé, et la feuille de gazette, qui annonçaient et prouvaient mes droits à cette succession qui m'arrivait si à propos.

Mon voyage, comme on peut le penser, fut bien pénible; j'eus de bien mauvais jours et de plus tristes nuits; mais la perspective heureuse que j'envisageais me fit tout supporter gaiement, et les pieds tout écorchés, l'estomac et le ventre très-vides, je parvins enfin au terme de mon voyage. Sitôt à Paris, je m'adressai à un avocat à qui je fis part de l'intention qui m'amenait, en lui remettant mon extrait de baptême et la feuille de gasette.

Ce brave homme me voyant des droits légitimes à une grande fortune, m'accueillit obligeamment, se chargea volontiers de mon affaire, et m'offrit cordialement sa maison et sa table, jusqu'à la conclusion et la réussite des démarches qu'il allait faire pour moi. Rien ne pouvait m'être plus agréable dans le dénuement où je me

trouvais, aussi l'acceptai-je avec reconnaissance. Il me fit servir un bon
souper dont j'avais grand besoin, me
coucha dans un excellent lit où je
passai la meilleure nuit que j'eusse
eue depuis long tems, et pendant laquelle les songes les plus flatteurs ber-
cèrent voluptueusement mes sens fa-
tigués de tant de peines multipliées,
dont je voyais enfin l'heureux terme...
Mais l'apparence la plus certaine du
bonheur ne devait jamais être réali-
sée pour moi.

Sitôt que l'honnête avocat eut été
présenter mes papiers, et réclamer en
mon nom la succession des parens de
mon oncle, on lui prouva par des reçus et décharges en règle, que tous les
biens provenans de l'héritage avaient
été remis à un *quidam* qui les avait
déjà réclamés bien avant moi, en se
présentant et se qualifiant, comme le

véritable héritier, *Guignolet - Bon-homme*.

C'était un escroc qui, ayant connu les défunts et étant bien au fait de notre famille, et me croyant mort aussi depuis le tems qu'on n'avait eu de mes nouvelles, avait fabriqué de faux titres, à l'aide desquels s'étant fait passer pour moi, il avait tout recueilli. Il avait vendu les maisons et les terres, fait argent de tout, et était passé en pays étranger depuis; car cette gazette dont je n'avais pas remarqué la date, circulait déjà depuis trois mois.

Le bon avocat, en me rendant le triste compte des démarches qu'il avait faites et de ce fâcheux résultat, me plaignit, mais me fit sentir qu'il n'y avait plus de ressources; qu'il ne me demandait rien pour ses peines et pour l'hospitalité qu'il m'avait accordée,

mais qu'il n'était pas en état de **me**
garder plus long tems chez lui.

Voilà donc mes plus belles espérances déchues encore une fois ! On
croit peut être que mon désespoir fut
plus vif à cette occasion, comme étant
le complément de mes infortunes en
tous genres, point du tout; leur succession et leur augmentation conti-
nuelle m'y ayant accoutumé, je n'é-
prouvai, de cette dernière, qu'une
espèce d'abrutissement, qu'un autre
plus glorieux chercherait à décorer du
beau nom de philosophie.... Mais je
conviens tout bonnement que ce n'é-
tait en moi qu'un affaissement des
forces physiques et des qualités mo-
rales. Je ne pensai plus à me détruire.
Je me dis: « Tout prouve que je suis
né pour boire toute ma vie à la coupe
du malheur, eh ! bien , épuisons-là. »

D'après cette belle résolution, me

sentant encore un peu capable de travailler, je suppliai l'avocat bienfaisant
de me faire la charité de me procurer
des crochets avec lesquels je m'éta-
blirais à sa porte, afin d'y gagner misérablement ma nourriture, en faisant
des commissions pour le public; et
que pour dédommagement de ce que
je lui aurais coûté, je ferais les siennes *gratis*. Il s'y accorda, me fournit
des crochets, et je m'établis porte faix
au coin de sa maison.

——❋——

CHAPITRE XXIII et dernier.

Encore un Accident, et mon dernier Guignon.

———

LES commencemens de mon nouvel état me semblèrent fort durs; mais je m'apperçus bientôt que quand on a perdu tout espoir du bien, on peut s'accoutumer au mal. Je m'établissais dès le matin au coin de la rue, et là, appuyé contre une borne, j'attendais les ordres des gens du voisinage ou des passans. Je faisais des commissions pour les uns, je portais des charges pour les autres, et à la fin de la journée, je réglais mon appétit sur ma recette. Je ne faisais pas bonne chère, et je ne pouvais rien garder pour le len-

demain ; mais jamais non plus je ne
me couchais absolument sans souper.

Pour ajouter encore à mes moyens
de subsistances, je me liai avec un
scieur de bois, et je me fis monteur.
Mais l'ambition et la cupidité perdent
l'homme, et je ne tardai pas à me repentir de ne m'en être pas tenu à mon
humble emploi de porte - faix sur le
pavé des rues.

Un jour que j'achevais de monter
deux voies de bois chez un bourgeois
qui venait de faire sa provision ; acca-
blé d'un si rude travail, et mes jambes
tremblant d'avoir tant monté et des-
cendu, je tombai dans l'escalier sous
ma dernière charge, et ne pus me relever qu'à l'aide de mon camarade le
sieur, car j'avais un poignet démis et
le bras tout abimé. L'homme pour qui
j'avais travaillé était justement un
chirurgien, de sorte qu'en me voyant

à sa porte en cet état, son premier mot fut de me dire que j'étais bien tombé et que j'étais heureux que cela me fût arrivé chez lui ; mais comme malgré cette mauvaise plaisanterie, il était humain, il s'empressa de me panser, me paya généreusement le montage de son bois, et me dit qu'en attendant que je fusse en état de revenir chez lui, il irait lui même tous les jours dans mon grenier, pour continuer mon traitement.

Effectivement il vint pendant quinze jours de suite, et il avait assez bien guéri les chairs de mon bras ; mais un nerf avait été offensé, de sorte qu'il restait ployé depuis le coude, et que je ne pouvais plus m'en servir. N'ayant pu travailler pendant ces quinze jours-là, j'avais épuisé la petite réserve que j'avais ménagée sur le gain de mes montages, et de plus,

mangé jusqu'à mes crochets, dont
même je ne pouvais plus faire usage
avec un seul bras. Il ne me restait
donc que la faible ressource de faire
quelques simples commissions pour
pouvoir exister.

J'allai me remontrer à toutes les
personnes qui m'avaient employé
avant mon accident, de crainte que
ne m'ayant plus revu à ma place, depuis quinze jours, elles ne m'eussent
retiré leurs pratiques. Je leur appris
mon malheur, et les priai de me continuer leur confiance et leur bonne
volonté. Cette démarche me valut
deux commissions qu'on me donna
à faire dans la même maison. Mais
hélas! il était décidé que je n'en por-
terais pas la réponse.

En passant dans une rue où il y
avait quelqu'embarras occasionné par
des voitures de rouliers, je fus ren-

versé par le char funéraire qui trans-
portait un riche défunt , et les roues
me passèrent sur les cuisses. Comme
ce char allait par le chemin de l'Hôtel-Dieu , on jugea à propos de me
placer à côté du mort, pour m'y conduire ; et pour me consoler , on me
promit , si j'en revenais, la place du
cocher que l'on allait destituer pour
punition de sa maladresse.

Mais comme ce dernier malheur
m'avait encore plus dégoûté des che-
vaux et des voitures , je refusai ce
poste élevé , jurant encore , mais bien
trop tard, que je n'approcherais plus
même d'une brouette. Je passai six
semaines et plus à l'Hôtel-Dieu, dans
les douleurs les plus cuisantes , malgré les recommandations que les administrateurs de l'entreprise des Con-
vois avaient daigné faire pour moi.

Quand j'ai été à-peu-près guéri ,

c'est-à-dire, quand j'ai pu me soutenir
avec des béquilles, les parens du mort
dont le char m'avait si bien roué en
dernier ressort, touchés de mon pi-
teux état, ont été assez généreux pour
me promettre de m'entretenir de béquilles jusqu'à mon dernier jour, ce
qui ne laisse pas que d'être consolant.

De plus, les entrepreneurs des con-
vois ayant vu, par une lettre de re-
mercîment que je leur adressai avant
de sortir de l'Hôtel-Dieu, que je savais
lire et écrire, et jugeant à mon stile
que j'avais reçu une belle éducation,
m'offrirent un poste de concierge d'un
champ - de - repos, en remplacement
d'un qui venait de mourir.

Je l'acceptai avec reconnaissance.
Estropié de tout mon corps, boîteux
des deux jambes, manchot, borgne
et eunuque, je crus ne pouvoir pas
faire une plus belle fin. N'ayant plus

rien de ce qu'il faut pour vivre avec les vivans, je me résignai à habiter parmi les morts. Au moins j'espère avec eux n'avoir plus de *guignons* à craindre, et si je me souviens encore de tous ceux que j'ai éprouvés, en les retraçant sous les yeux du lecteur, c'est pour lui prouver, par mon exemple, que l'on peut renoncer à tout, et que l'on doit se consoler de tout.

Fin du quatrième et dernier volume.

TABLE

DES CHAPITRES

contenus

Dans le Quatrième Volume.

———

www.ingramcontent.com/pod-product-compliance
Lightning Source LLC
Chambersburg PA
CBHW051820020726
47502CB00005B/1545